ÇA VA, VIEUX ?

Du même auteur

Toujours un rêve d'avance, Éditions Michel Lafon, 2001

J'ai rencontré des gens formidables : document, Oh ! Éditions, 2008

Gérard KLEIN

ÇA VA, VIEUX ?

Michel LAFON

7-13, boulevard Paul-Émile-Victor - Île de la Jatte
92521 Neuilly-sur-Seine Cedex

www.michel-lafon.com

À Simone,
ma grande sœur,
qui a donné sa vie pour ma liberté.

Ça commence un samedi soir. Tard. En hiver. Un beau ciel de nuit...

La lune est pleine, on la voit tout entière. Dans notre corps, les cellules sont comme elle, gonflées, comme la mer, enflées. Mon cerveau aussi ! Et pour cause : ce bouquin devrait déjà avoir vécu sa vie et un peu de la vôtre, seulement voilà, j'ai tardé, traîné. Au lycée, je crachais mes dissertations au dernier moment.

Il me reste une semaine pour reprendre toutes les notes, les conversations, les idées « à la con »...

Si je regarde la lune, c'est qu'il est tard, alors je vais dormir, la nuit porte conseil. Ma dernière nuit avant ces pages ! Tiens, c'est marrant, je vais démarrer un dimanche matin. Ça tombe bien, j'aime pas les dimanches.

« Tous les dimanches, j'm'astique le manche », René Klein. D'accord, ce n'est pas de la dernière élégance, mais c'est la faute au pastis. René, c'était mon père, rigolo, mort à cinquante-sept ans, mort de la vie... Aidé par un ami-ennemi, le fameux pastis. À éviter si vous voulez sauver votre foie et vos neurones. Les filles, nos filles, mes filles, quand elles entendent « dimanche », pensent tout de suite à la jolie phrase que disait mon papa...

Je suis plus âgé que lui aujourd'hui, avec mes cinq douzaines passées. Ce matin, une de nos poules a pondu en plein hiver... Moi, j'ai pas de poule, ma femme ne veut pas.

Ma femme, elle est vachement fière qu'en Auvergne on m'ait surnommé « le juif de Védrines », et moi je vais peut-être avoir la preuve que mon papa était juif. Je sais, ma mère ne l'est pas... Mais Klein, quand même, *Monsieur Klein*, Joseph Losey..., c'est de la merde ?

Alors papa, si t'avais mon âge, qu'est-ce que tu nous dirais ?

Qu'est-ce que tu nous dirais, à nous les plus vieux que toi, les sexagénaires, les un peu plus, « ça te fait quel âge déjà ? »

D'abord, demander son âge à un garçon, c'est très mal élevé. Il n'y a pas que les femmes qui n'aiment pas ça. D'ailleurs elles vous le font sentir, elles ne répondent pas : elles tirent sur la cigarette qu'elles tiennent un peu en l'air, entre le majeur et l'index, et elles vous « nuagent » la face d'une giclée de fumée made in USA avec « additifs-addictifs ».

Nous les mecs, on annonce la couleur – soixante-trois, soixante-cinq –, mais ça nous dérange quand même.

– Ah, la vache ! Tu les fais pas !

Voilà la bonne réponse. Ça rassure.

Mais ça n'empêche pas de gamberger. Surtout si un autre copain vous aborde avec une grande tape dans le dos :

– Ça va, vieux ?

ÇA VA, VIEUX ?

À vingt ans, ça faisait émancipé, à quarante, ça faisait mâle. Maintenant ça fait vieux, tout simplement. Eh ben oui ! Les gens de mon âge font partie des vieux. Les hommes. Parce qu'il ne vous viendrait pas à l'idée d'aborder une gonzesse avec un « ça va, vieille ? » du plus mauvais goût.

Notre force à tous, notez, c'est le nombre. La France est un pays de vieilles gonzesses et vieux machins.

Et on est là pour un bon bout de temps, vu les progrès de la science.

Qu'est-ce qu'on va faire ? Pour ne pas se déglinguer trop vite, pour ne pas rester l'œil fixé sur la ligne d'horizon, pour profiter de la vie, pour être aimés ?

Allez, je vais me coucher. Demain, je vous livrerai, en vrac, le fruit de mes réflexions là-dessus.

Dimanche 22 février 2009

Un dimanche matin d'hiver, comme celui-là, blanc partout, moins quinze, les poils du nez qui gèlent. Qu'est-ce qu'on ferait, papa ?... Peut-être qu'on irait pêcher le brochet au vif pour philosopher : la vie, la mort. C'est sûr, à plus de soixante ans, on approche du but ! « Le premier arrivé attend l'autre », me disait toujours Bernard Desmurs en rigolant. Nanard, c'était Carcasse, mon pote de pêche et de beuveries. Qu'est-ce qu'on a picolé... Il est mort lui aussi, comme mon père, mort de la vie, lui qui disait « on va lever le pied ». Il aurait dû ! Déjà deux victimes en trois pages ! Serai-je la troisième ? Certainement, mais quand ? Comment ? Allons-y, c'est dimanche. Si je réponds à ces deux questions, aujourd'hui j'ai fait la moitié du bouquin !

Pour l'instant, je sais juste que le temps passe à une vitesse incontrôlable. Hier encore, j'étais jeune. Désormais, les « jeunes » que je rencontre pourraient tous être mes enfants ! Quarante ans, quarante-cinq ans... J'adore ça ! Mais je suis heureux d'être un garçon. Jusqu'à maintenant, je n'ai vécu qu'avec des femmes *(nobody's perfect)* et leur détresse face à l'âge me fait peine : nous ne sommes pas égaux, ni libres, ni frères... Pas vrai. Et le temps qu'il nous reste à vivre n'a aucune importance si on n'essaie pas d'agir en pensant que le vieil homme et la vieille femme sont évidemment frère et sœur, identiques et complices. Il ne faut pas que vieillir soit un handicap.

Déjà ce n'est pas un choix ! C'est un cadeau. Empoisonné ! Même si je ne sais pas QUAND je vais disparaître, j'ai encore un peu de temps devant moi. Bon, qu'est-ce que je fais ? Si j'ai connu la guerre 39-40, je bouffe ! Caddie est une marque déposée, une marque de déambulateur avec monnayeur, genre flipper à roulettes sans les boules. À tous les coups, tu gagnes, on tend la main, on empile, c'est Disneyland ! La grande distribution a inventé la plus belle distraction pour vieux :

les courses. Autrefois, pour les vacances, on « faisait » l'Espagne, l'Italie. Maintenant, le week-end, on fait Auchan ou Carrefour, surtout quand on habite « sur » Paris...

Si mon père avait été vieux, je me demande bien où on aurait traîné tous les deux... MacDo ? Bocuse ? Attention, budget ! Pas la même cantine. MacDo, c'est certain. Pas les moyens pour les grandes tables, moi non plus. Ceux qui en parlent se font inviter, c'est pas du jeu ! Et puis les discours sur la « passion » du métier, la traçabilité du produit, la tradition, les valeurs, ça me saoule ! À soixante ans passés, je me dis que mon père a bien fait de se casser, ça fait des années qu'on est au bal des faux culs, et je ne sais pas danser. En même temps c'est vachement drôle, chacun s'adapte, je parle de nous, les rois du système D.

On s'est bien débrouillés. De république en république, on a endormi tout le monde, la planète est pourrie grâce à nous, tout le monde s'engueule, on a fait ce qu'il fallait. Alors pour revenir à la question de ce dimanche matin, « c'est quand que je vais mourir ? », le plus tôt sera le mieux ! Bravo papa !

*
* *

« Jeunes » du XXIe siècle, vous allez en chier. Pardonnez-nous. Y'a du monde, chez les vieux. Allez-vous-en ! Non ? Vous restez ? Tant pis ! Mais alors, faites des efforts : jetez cette eau de toilette vulgaire qui dégouline le matin sur la forêt enneigée des poils de votre flasque poitrine ! Le vieux pue, et après ? Autrefois, chez les vieux, ça sentait la pisse, maintenant on continue à rassembler les anciens dans des maisons, pour conserver cette tradition. Ah, la tradition ! LA TRADITION. Ça, c'est la pire des choses pour donner mauvaise conscience à ceux qui oseraient inventer une autre société. La tradition, c'est un truc vicieux imaginé par les riches pour flatter les pauvres.

On est dans le passé, dans les gestes, les acquis, avec des « Ah ! » et des « Oh ! », on s'extasie, on se félicite, on se « cocktailise » et on crée, Vuitton, Hermès... Pendant ce temps-là, le pauvre des pays du Sud invente la même chose en direct. On s'indigne, on crie à la contrefaçon, on se re-cocktailise, on se gouvernementalise ! Je rigole...

Revenons à la question « quand ». Si on est riche on angoisse, si on est pauvre aussi mais on se résigne.

Avant le départ, le nanti règle ses affaires, mais s'il n'a plus sa tête on les règle pour lui. Mon père est parti sans rien régler *... Il avait déjà quitté la maison quelques années avant... Première peine du fils.

Pourquoi vient-il dans l'encre de mon stylo-plume, ce René Klein que je n'ai pas vu depuis quarante ans ? Il a dû faire un sacré tour des mondes, lui qui se serait contenté de faire le tour du monde. Vas-y, papa, lâche-toi !

---

* Même pas ses dettes, il a bien fait !

Les vieux des villes et les vieux des champs

Il y a toutes sortes de vieux

On est tous égaux devant la mort, mais pas devant le vieillissement. Entre le vieux milliardaire qui fait trembler sa famille avec son héritage et le vieux retraité sans le sou qui regarde la mer, il y a un monde. Cela dit, ne vous y trompez pas : la vieillesse est une question de moyens, mais pas toujours les moyens que l'on croit.

Les vieux riches, plaignez-les !

Vous savez ce que c'est d'avoir un « train de vie » ? Un six cents mètres carrés à Paris ou à Lyon, un appartement à Saint-Jean-Cap-Ferrat pour les vacances d'été, un chalet à Gstaad pour les sports d'hiver et parfois une maison à Saint-Barth, avec tous les soucis que cela suppose et les domestiques qui ne sont plus ce qu'ils étaient ? Ne parlons pas du portefeuille d'actions qui s'effrite comme une peau de chagrin : avoir travaillé toute une vie pour en arriver là ! Les riches ont toujours besoin de justifier leur fortune par un labeur de forçats. Vous avez entendu parler du bagne de l'ouvrier qui a pris vingt ans de marteau piqueur ?

Oui, oui ! Mais le riche, il a eu le talent, commercial, industriel, politique, magouilleur parfois, et surtout celui de posséder. Or quand on possède, on ne veut rien perdre. Ni sa silhouette – massages et thalasso –, ni sa libido – du Viagra dans la poche, on ne sait jamais –, ni sa jeunesse – la DHEA –, ni surtout son pouvoir. Mais il a beau faire, s'occuper de sa personne avec des précautions de collectionneur ne remplace pas cette enivrante occupation qui fut la sienne dans cette génération de « tueurs » : venir à bout de ses rivaux. Que reste-t-il quand on n'a plus les moyens de tuer ? Se tourner vers les autres, bien sûr. Mais le vieux lutteur n'a pas appris à le faire. Il lui a fallu tellement se battre pour en arriver là qu'il a perdu sa tendresse. Il peut encore être touché par sa famille, mais il y a comme une barrière entre lui et les autres. Leur réalité lui est devenue inaccessible.

Alors il devient acariâtre, méchant et solitaire. Or, un vieux – même un vieux à héritage – a besoin soudain d'être aimé. Seulement, pour se faire aimer, il faut s'intéresser à autre chose qu'à soi-même. Et ne pas bassiner tout le monde avec ses aigreurs – je suis vieux, vous devez m'aimer –, ce n'est pas comme ça que ça marche.

Donc le vieux riche est malheureux, et personne ne compatit parce que, aux yeux de la plupart des gens, se plaindre quand on est riche frise l'indécence. Une conception lapidaire et injuste, j'en conviens, mais il est vrai qu'entendre les jérémiades de certains nantis m'a souvent paru indigne.

Les vieux pauvres : plus entourés

Là, vous allez hurler : « Et les vieux en maison de retraite que personne ne vient voir, entourés ? » Ok, d'accord ! Seulement, c'est curieux, dans les maisons de retraite pour pauvres, j'ai rarement vu des Noirs, des Maghrébins ou des maçons portugais. Ceux-là, ils sont revenus au pays où une famille – même lointaine – les accueille. Leurs enfants travaillent en France mais ils viennent les voir à Noël, leurs petits-enfants sautent sur leurs genoux.

Le vieux pauvre risque d'être entouré et aimé, parce qu'il a consacré sa vie de travail aux siens. Le fils a un métier convenable, la fille a de beaux bébés, son but est atteint. Comme il s'est beaucoup fatigué pour y parvenir, il se sent plus libre maintenant. Il n'est pas aigri, il n'a pas à regretter de ne plus pouvoir jouer au tennis, aller à la chasse ou surfer à Biarritz, il n'a pas de train de vie, il n'est pas encombré par les accessoires. Il va pouvoir cultiver son jardin, bricoler, marcher en montagne comme il aime, regarder les arbres, les fleurs, et se taire avec philosophie.

Dans les pays les plus déshérités, les vieux

sont à la fois diserts et silencieux. Diserts parce qu'on les écoute encore, on tient compte de leurs conseils ancestraux, et silencieux sur tout ce qui touche à leurs bobos, voire à des maux plus graves.

Alors mon rêve, voyez-vous, n'est évidemment pas de vieillir dans la misère – il ne faut pas se foutre du monde – mais d'offrir à ma vieillesse et à ses moindres ennuis la dignité des vieux que l'on rencontre dans les pays très pauvres.

Aisés – démunis

Entre les plus aisés et les plus démunis, il y a tous les cas de figure, dont on ne va pas faire l'inventaire exhaustif. Il y a le vieux cadre, qui a passé quatre décennies à jouer des coudes pour obtenir des avancements. Sa vie, c'était *Caméra Café*, les intrigues, les peaux de banane, les tocades des patrons, le directeur mégalo qui lui piquait ses bonnes idées, le collègue traître et jaloux, l'homo dont on se moquait en termes salaces, les filles promotion canapé, et en même temps l'illusion d'appartenir à une grande famille, une équipe qui allait « gagner », on lui a tellement rebattu les oreilles avec ça. Gagner quoi ? Un pot d'adieu, un ordinateur ou une télévision à écran plat, un joli « compliment » rédigé à son intention et ciao ! D'après les statistiques, il ne faut pas quinze jours pour qu'un cadre important soit totalement oublié dans sa boîte. Surtout ne pas y remettre les pieds, ne même pas téléphoner, vous ne résisteriez pas à l'indifférence gênée des anciens collègues qui vous semblaient si proches.

Vous êtes à la *retraite*, vous comprenez ? Une grave erreur de vocabulaire. La retraite, c'est la défaite. Comment voulez-vous garder le moral ?

C'est ce que ressentent la plupart des retraités. Ils ont cessé leur « activité ». Tu étais médecin, tu ne « fais » plus médecin. Ni plombier, ni kiné, ni prof, ni chauffeur de taxi, ni commerçant, « Bonjour madame, au revoir madame ». Et là, pour beaucoup de gens, tout s'effondre. Ils ont vécu en vase clos, ils se retrouvent dehors, comme à l'étranger, avec de nouvelles occupations à inventer, auxquelles certains n'ont jamais voulu penser. Et aussi des loisirs... Oui, mais ça dépend de quoi ils disposent pour se distraire, et de l'endroit où ils ont choisi de finir leur vie, à moins qu'ils ne soient obligés de rester là où ils sont.

Les vieux des villes et les vieux des champs

Il y a ville et ville, bien sûr. Ou plutôt il y a Paris et les grandes métropoles, et les villes dites de province. Dans les grandes agglomérations, on a tout pour se cultiver, visiter, se distraire. Le problème est d'avoir envie de le faire. Et si la grande recette d'une vieillesse réussie, c'était de se créer des envies ? Je connais des vieux travailleurs parisiens qui n'ont même jamais eu l'idée d'aller jusqu'à l'Arc de triomphe. Moi par exemple ! On fait ses courses et on rentre chez soi, vite, devant la télé. Faut pas dire du mal de la télé : elle meuble bien des solitudes, mais elle en suscite également beaucoup. Chez les vrais solitaires, dans les couples et dans les déserts de la pensée. Les vieux n'ont pas souvent envie de se coucher à 2 heures du mat' pour s'enrichir l'esprit. Et puis l'enrichissement de la pensée, celui qui évite l'ennui et les idées noires, cela se cultive dans la convivialité, cela demande de sortir, de rencontrer des gens comme vous, de discuter.

Les autorités municipales, dans les cités de moyenne importance, essaient tant bien que mal de recréer des « centres-villes » conviviaux... avec trois fontaines, des pavés partout, une place piétonne et des magasins branchés tout autour. Ça ne donne pas envie de s'asseoir à l'ombre d'un arbre pour la palabre. D'ailleurs il n'y a pas d'arbre. D'ailleurs avec qui palabrer ? Personne ne vous connaît, personne ne vous sourit. Personne ne veut vous voir ?

Autrefois, il y avait les quartiers. Les bons vieux quartiers où se croisaient sans malaise les rupins et les gueux. Que sont devenus les quartiers ? À Paris, les Abbesses se sont transformées en repaire à bobos, tout raides sur leur Vélib' comme s'ils faisaient une parade sur une piste de cirque, qui s'attablent le soir dans des bistrots de cinéma où n'osent plus s'asseoir les anciens Montmartrois, les poètes de la rue, les poivrots des *Brèves de comptoir*. Les terrasses des restos ont envahi le trottoir, on n'a plus de place pour se balader, la vieille dame aux chiens se fait regarder de travers et les chanteurs de goualantes ont quitté le macadam.

En province, c'est pire. À 20 heures, tout le monde est bouclé chez soi. S'il n'y a pas une voiture qui brûle, il ne se passe rien. Derrière les murs épais des immeubles bourgeois, les notables se reçoivent entre eux, parfois à deux étages d'une dame respectable qui agonise toute seule et n'attire l'attention que le jour où l'escalier traîne une odeur bizarre...

En banlieue, c'est plus gai, la jeunesse est partout, il suffit de se mettre au balcon, mais en faisant attention de ne pas recevoir une machine à laver sur la tête parce que ça l'amuse, la jeunesse, de foutre le bordel ! Quant à sortir, il faut faire gaffe, et aussi apprendre la langue. Le vieux doit s'adapter, il y a des dictionnaires pour ça. On ne dit pas : « Je n'ai pas trouvé de Caddie », mais : « Putain, celui qu'a tiré les Caddies, si je le trouve... » Heureusement on ne le trouve pas ! Fanfaron et lâche.

Alors un jour, parfois, on est tenté de quitter cette violence, ce béton où il fait mal vivre, ces embouteillages, cette pollution, vive la campagne ! Sauf qu'à force de suivre Alphonse Allais qui conseillait de construire les villes à la campagne parce que l'air y serait plus pur, les campagnes se font rares. Mais il en reste. Vous venez de passer deux mois d'août dans ce Nord merveilleux : le parc de Marquenterre par exemple, et surtout les marais de Montreuil-sur-Mer. Quel calme, quelle nature apaisante, quelles promenades au milieu des cris des oiseaux, juste les cris *. Là, vous allez construire une maison saine. Attention ! Pas une maison en parpaings, isolée à l'intérieur avec des matériaux pas bio du tout **. Vous, vous avez acheté un terrain près de Montreuil et vous allez faire construire une vraie maison, comme autrefois. Avec du bois, de la terre et des pierres. Des matériaux naturels et vivants, même les pierres ! Deux planches parallèles verticales et, entre les deux, une sorte de gouttière où l'on va mettre

---

* Ben oui ! Les oiseaux, ça vole, on n'est jamais tout près d'eux.

** La laine de verre, ce n'est pas vraiment meilleur à respirer que l'amiante.

de la terre avec de la paille ; on tasse le tout et, petit à petit, on monte les murs. Des murs en terre de cinquante centimètres d'épaisseur, un isolant thermique et phonique extraordinaire, le bien-être à la clé.

Attendez ! Je continue. La construction de la maison, de votre gîte rural, fut une aventure extraordinaire... et un travail de chien, mais donc encore du TRAVAIL. En deux ans, vous en êtes venu à bout et vous attendez toujours le bonheur. Deux « saisons mortes » sans touristes ont eu raison du moral de votre femme, elle fait une dépression nerveuse. Aïe, aïe, aïe ! Pour trouver dans la campagne une raison de vivre, il faut être paysan. Encore que...

*
* *

Les vieux paysans comme on les fantasme dans les romans, il n'y en a plus. Le grand aîné bouseux qui remarquait, l'air résigné, « cette année, on n'a pas eu de tomates parce qu'il a beaucoup trop plu », c'est fini. Les tomates, on les fabrique à la chaîne en Espagne. Les mecs qui bossent là-bas ne sont plus des paysans mais des esclaves. Ils ont fait des milliers d'hectares de serres, au-dessus des nappes phréatiques. Tout ça pour des tomates qui ne touchent même plus le sol, elles poussent en l'air, alimentées par des tuyaux. Comme des tomates farcies, on les bourre d'engrais et on continue à faire de l'artificiel. Et, pour la plupart, les terres ainsi pompées sont mortes. Le paysan, dans tout ça ?

Le vieux paysan qui se contentait de cinq vaches, un cochon, deux champs de légumes, un poulailler et un cheval pour le travail, c'est terminé. Il n'était pas riche, bien sûr, mais il aimait la terre, ses bêtes, il lisait dans le ciel et dans les saisons. Tout ça, aujourd'hui, c'est de la littérature. Le nouveau paysan est à la solde de la FNSEA [1]. Il veut produire. Et il s'ennuie. S'il ne s'ennuyait pas, il n'aurait pas un GPS dans son tracteur, la radio et la clim, lecteur de CD en option. À noter qu'un tracteur coûte plus cher qu'une Ferrari, mais avec un prêt à 2 % parce que les paysans sont pau-

1. Fédération nationale des syndicats d'exploitants agricoles.

vres, eux aussi. Il faut dire qu'ils ont un métier à risque : il peut pleuvoir, ne pas pleuvoir, tempêter, neiger, c'est intolérable. Alors les cultivateurs enrichissent le sol avec des produits cancérigènes et les éleveurs nous vendent de la viande souvent immangeable. Des vaches élevées aux dopants, c'est comme si on bouffait du coureur cycliste.

Seulement ceux-là, quand ils arriveront à la retraite, comment voulez-vous qu'ils se consolent en contemplant la nature qu'ils ont détériorée ?

Il faut dire que ce n'est pas beau, alentour. La partie de la nature entretenue par les paysans est seulement la partie qui leur rapporte de l'argent. Les chemins sont pourris, tout est détruit. En revanche, les accès, les clôtures, il y en a partout. Comme si tout visiteur était un intrus. Les autres n'existent pas. Tu passes à côté d'une porcherie, ça sent la merde. Tu te promènes, ça sent la merde ! Tu appelles la préfecture du Puy, tu demandes monsieur Merde – il y avait un monsieur qui était chargé de ça –, tu expliques la situation, il se fout de ta gueule : « Et alors, c'est une petite nuisance, voilà tout ! » Non, c'est un irrespect total des citoyens. Et des cochons !

Bon, j'arrête, parce qu'il ne faut pas dire du mal des paysans, c'est dangereux. Cette caste particulière ne tolère aucun sarcasme. Et pourtant... Ce ne sont plus des semeurs au geste auguste mais des suppôts de l'agroalimentaire. Leurs enfants ne veulent pas toujours reprendre ce collier – cette chaîne qui empoisonne le monde et ne leur procure, à eux, aucun bonheur. La campagne se désertifie, faute de vrais paysans. Mais dès qu'un Parisien-tête-de-chien se pointe – ce fut mon cas pendant dix ans – avec l'idée saugrenue de faire ce métier dans la joie, ils font tout pour le dégoûter.

J'ai toujours eu envie d'élever des bovins. Quand j'étais petit, j'allais chercher du lait à la ferme de madame Lecoq. J'aimais l'odeur, le calme, et tous ces animaux. J'ai donc voulu réaliser mon rêve. J'ai élevé des vaches de cette belle race de Salers pendant une décennie. Je n'ai pas fait fortune mais j'ai été heureux. Seulement je dérangeais les paysans.

D'abord, ils m'ont reçu comme un chien dans un jeu de quilles. Puis ils se sont foutu de moi. Il faut dire que j'avais des méthodes particulières : j'exigeais que mes animaux se sentent bien. Je voulais les laisser vivre paisiblement, sans les forcer, veiller à la qualité des prairies où ils paissaient, j'ai même dit qu'il fallait éviter qu'il y ait trop de bruit dans la stabulation. Ça a fait rigoler tout le monde.

Je donnais à manger à mes vaches – entre autres – des graines de lin pour que leur viande contienne des oméga-3, ces acides gras essentiels à notre santé mais que nous ne savons pas fabriquer. Ils ont rigolé de plus belle. Aujourd'hui, quinze ans plus tard, c'est devenu complètement à la mode, de mettre des graines de lin dans l'alimentation des bovins... Un jour, aussi, j'ai dit que le lisier de porc, pour fertiliser les prairies, ce n'était peut-être pas terrible. Évidemment, mettre du lisier c'est gratuit et plus simple que de diversifier les plantes qui poussent dans les prés. En plus, s'il pleut, le lisier fiche le camp dans la rivière et empoisonne les poissons à leur tour. Quand j'ai eu le malheur d'avancer cette idée à l'époque de la vache folle, des éleveurs m'ont menacé de foutre le feu à ma ferme. Sympa !

Je ne regrette rien. Et je n'oublie pas ma joie au moment des foins et les heures de sérénité assis au milieu de mes vaches apaisantes dans mes prés qui sentaient bon. Allez, on parle d'autre chose...

Les vieux face à eux-mêmes et aux autres

Ce face-à-face fait si peur à certains qu'ils vous disent : « Je ne veux pas devenir vieux. » À quoi je réponds, s'ils ont passé la soixantaine : « Trop tard. » Trop tard pour jouer les fusées explosées en plein vol, les James Dean, Balavoine ou Mozart. Mais ils peuvent quand même accélérer le processus : boire et conduire sans choisir, manger n'importe quoi, se fabriquer une saloperie en se rongeant les sangs à l'idée de devenir des vieillards. Sauf que, le jour où ils apprendront qu'ils ont une cirrhose ou un syndrome de menace cardiaque, ils en feront un drame et se transformeront en ascètes. Alors qu'ils arrêtent de nous fatiguer avec leur refus de vieillir !

D'autres souhaiteraient une vieillesse heureuse, choyée, mais font tout pour faire fuir les meilleures volontés. Ils rendent l'humanité entière responsable de la perte de leur jeunesse et détestent aussi bien les jeunes que leurs contemporains. Parce que ceux de leur âge, ils sont vieux, pas eux ! Remarquez, personne ne se voit tel qu'il est. Tu rencontres un copain que tu n'as pas croisé depuis quelques années, tu te dis « Bon sang, ce qu'il a vieilli ! » Le lendemain, en te rasant, tu te regardes dans la glace et tu es bien obligé d'admettre qu'il y a du changement. Mais quand même, ton copain, tu le trouves beaucoup plus vieux que toi.

Plus tard, quand on propose à ces aînés-malgré-eux d'aller faire un voyage organisé avec le club du troisième âge, ils s'offusquent : « Mais il n'y a que des vieux ! » Ma mère m'a dit la même chose en parlant des maisons de retraite : « Je n'irai jamais, ah non ! Y'a que des vieux ! » Elle a de la chance : ma sœur, qui est une sainte, s'occupe d'elle depuis quarante ans... elle lui donne sa vie, j'ai honte. Nous sommes tous tellement différents les uns des autres.

Il y a aussi le monsieur-je-sais-tout. Normal, le bénéfice de l'âge. Le vieil intello qui vous bassine avec Mai 68, les hussards et la Mitterrandie. Et qui a toujours raison, sur tout, puisqu'il « l'a vécu ». Mais le temps a passé, pépère, et la vie, aujourd'hui, n'a plus rien à voir avec avant-hier.

Et puis il y a le vieux qui n'a pas l'air vieux du tout, non qu'il ait sacrifié à la chirurgie esthétique mais parce qu'il reste dans la vie. Il s'informe, il fait des trucs, il a un projet d'association, il continue son métier en free-lance, il vient de repeindre sa baraque... Il ne fait pas le jeune, mais il n'est pas « ressenti » comme vieux. À la radio, quand j'ai rencontré Léo Ferré, il n'était pas de première jeunesse, mais je ne l'ai jamais considéré comme vieux. Même chose pour Sylvain Floirat, le patron d'Europe 1, que j'ai connu âgé : il avait de la repartie, il était sur tous les coups, il te parlait de tout, te faisait rigoler, il semblait de ta génération. Ceux-là ne finissent pas vieux, mais juste « usés ». Et ça me plaît bien, cette idée de terminer sa vie usé. Ça veut dire que tu n'as pas démérité, que tu es allé au bout de tes capacités, ce doit être plus facile de partir.

Peut-être qu'il était usé, mon père.

Les vieux d'hier et les vieux d'aujourd'hui

Les vieux d'hier étaient plus mal lotis que ceux d'aujourd'hui. La Sécu ne remboursait pas leurs soins, il n'y avait pas de médicaments anti-âge, la chirurgie cardiaque et orthopédique ne faisait pas les miracles de maintenant, ils finissaient bancals, édentés, ridés comme des tortues. Mais ils finissaient pour la plupart chez eux, au milieu des leurs. On se moque à tort de la vieille que l'on posait le matin au coin du poêle pour la recoucher le soir après un bol de soupe, car elle était quand même plus heureuse que dans un mouroir. Elle épiait les conversations, son œil s'allumait quand sa petite-fille revenait d'une escapade amoureuse, le poêle réchauffait ses vieux os et la maisonnée son vieux cœur.

Aujourd'hui c'est fini. D'abord, il n'y a plus de poêle, les appartements sont trop chers donc trop petits, les femmes travaillent et, de toute façon, les enfants sont partis. L'un est en Angleterre, l'autre a déménagé à Orléans à cause d'une promotion, le vieux reste à Villeneuve-Saint-Georges. Et ne comptez pas sur les familles « élargies », vous voilà seul, bien fait ! Z'aviez qu'à pas divorcer.

De toute façon, les jeunes vieux de la soixantaine n'intéressent plus personne. Même pas la pub, à part pour les dentiers, les fuites urinaires et les conventions obsèques. Nous ne sommes plus dans le créneau de la ménagère de cinquante ans. Et puis nous sommes bien mieux conservés que nos aïeux, de quoi nous plaignons-nous ? Nous devrions avoir honte de nous préparer encore trois ou quatre décennies aux frais d'une jeunesse qui a déjà bien du mal à joindre les deux bouts !

En fait, on nous en veut. Si, si, vous allez voir... Nous avons eu la vie trop belle.

C'est sans doute vrai pour beaucoup d'entre nous, mais nous allons le payer.

Dimanche soir ! Voilà la lune qui revient... je ne me suis pas ennuyé ! Ce fut un bon dimanche !

Lundi matin...

« Lundi matin, l'empereur, sa femme et le p'tit prin-ceû

sont venus chez moi pour me serrer la pin-ceû... »

Il a pris un coup de vieux le petit prince, il est né en 1942... avant la fin de la guerre. Mais il ne s'estime pas encore à la retraite.

C'est con la retraite. Ça démoralise, le mot lui-même est nul ! On est battu, on recule, on est en retraite. Alors parfois la cavalerie arrive. Le vieux tombe amoureux, ou bien sa famille réussie lui permet de prendre des leçons avec ses petits-enfants, ou alors il meurt et tout le monde est tranquille.

Le vieux, parfois appelé « vieux con », peut aussi faire la morale, donner des leçons, lever les sourcils au ciel quand deux garçons s'embrassent dans la rue ! * Le vieux con plisse le front. Dans tous les cas, le vieux dépense VOTRE argent. C'est là où je veux en venir : nous vous coûtons « TRÈS CHER », et c'est pas fini. La longueur de la vie augmente... Après la retraite, c'est plutôt la durée de survie ! NOUS VOULONS DES SOUS.

Ne vous laissez pas faire : mettez les vieux au boulot. Ils ont pourri la planète, tous autant qu'ils sont. De droite, de gauche, les citoyens des pays riches ont dédaigné le « Sud ». Maintenant, c'est vous qui payez. Pas normal. Alors au moins, nous les anciens, rendons-nous utiles. En tout cas, soyons disponibles.

---

* Ou deux filles !

Génération baby-boomers

Bien commencé, mal fini

Baby boom ! On aurait pu trouver une expression en français ! « Les retrouvailles », par exemple. Dans mon cas, c'est différent : mon papa n'a pas fait la guerre. Je ne sais pas pourquoi... Réformé ou combinard ? Encore une fois, pas de réponse, abonné absent.

Toujours est-il que je fais quand même partie de cette chorale de vieux chanteurs aux cachets exorbitants ! D'une même voix nous demandons des sous ! Normal, après quarante ans de « bons et loyaux » services... Quarante ans de rigolade, oui. Quarante ans de travail, peut-être, mais dans une autre ambiance ! Que s'est-il donc passé entre ma jeunesse et la vôtre ? Pourquoi cette bande de vieux paraît-elle plus insouciante que les bandes de jeunes ?

Les Trente Glorieuses
Un eldorado de croissance et de jouissance effrénées

C'est Jean Fourastié, un économiste, qui a baptisé ainsi ces presque trois décennies d'ivresse. 1945-1973. La guerre était finie, nos pères nous avaient fabriqués – en nombre – dans la joie des retrouvailles familiales. Le pays, leur avenir, toute la vie étaient à reconstruire. Tout le monde s'y est employé. Trente ans de croissance continue et de quasiment plein emploi. En 1967, ça a commencé à se « gâter », dans les proportions de l'époque cependant : deux cent cinquante mille chômeurs ! Georges Pompidou s'affolait : « Si l'on arrive à cinq cent mille, aurait-il dit, ce sera la révolution ! » Heureux temps où personne ne pouvait imaginer une seconde que l'on compterait un jour plusieurs millions de sans-emploi, et que la nation ne se soulèverait pas pour autant.

Le progrès technique participait à cette euphorie, et nous en étions tout émerveillés, tentation en prime. On investissait, on s'équipait. On avait une DS au garage pour les grandes sorties, et l'on continuait de vénérer, au quotidien, la mythique Deux Chevaux.

Et puis, il y avait les accessoires domestiques. On jetait à la poubelle le vieux moulin à légumes manuel au profit de robots qui faisaient tout, on achetait des aspirateurs performants, des cuisinières et machines à laver inusables dont certaines fonctionnent encore aujourd'hui. Maintenant, on change tout ça, on se lasse plus vite. Et surtout, ça casse plus vite !

Cependant le Diable, ce grand séducteur, nous avait concocté une tentation ultime. Dès l'aube de la seconde moitié du XXe siècle, la télévision entrait dans les foyers. Vivre en *live* le mariage de la reine d'Angleterre, pour ceux que ça intéressait, ou un match de foot dans l'hémisphère Sud, ou bien participer aux rites des bushmen en Australie, aucun « jeune * »

* Fumier de jeune !

d'aujourd'hui ne peut mesurer la magie que cela représentait pour nous.

Bien sûr, nous ignorions que la fascinante lucarne permettrait peu à peu d'asservir les foules. Que la politique y deviendrait non le service d'un idéal, mais juste un spectacle qu'on gère comme tel. Dans le monde entier. Le gagnant est le meilleur comédien, d'ailleurs l'électeur se comporte, en matière de démonstrations politiques, comme devant une comédie. Prisonnier des images, complice des jeux de scène, comme au théâtre, il n'a plus le temps de réfléchir. Et on ne lui en donne pas l'occasion ! J'ai arrêté *l'Instit* parce que je voulais faire évoluer cette série en présentant des cas de société qui auraient pu interpeller le téléspectateur. Des gens *vraiment* malheureux, dans des pays *vraiment* pauvres, et qu'on aurait pu aider. On m'a refusé cette « fantaisie » parce que, selon les dirigeants, « les gens n'en voulaient pas ». Qu'est-ce qu'ils en savaient, ces crétins ! Après tant d'années de succès, ils auraient pu s'offrir le luxe d'une tentative.

Mais à l'époque de la grande découverte télévisuelle, nous étions simplement béats :

nous avons vu naître la télévision, nous avons vu naître le monstre qui allait nous manger.

Pourtant, avant de nous manger, la télé nous a quand même offert la Lune ! Avoir vu Armstrong, en 1969, poser le pied sur l'astre de nos rêves fut une émotion sans pareille. C'était la victoire de l'homme sur les dieux ! Nous n'en étions pourtant pas encore à nous dire que la conquête de l'espace nous permettrait peut-être dans l'avenir – comme certains le pensent aujourd'hui – d'aller vivre loin d'une Terre que notre soif de l'asservir aurait rendue exsangue, inapte à notre survie. Personne ne se souciait de la planète, à part les hippies, les premiers écolos, sincères et non politisés, dont tout le monde se moquait. La Terre en danger, alors qu'on était si bien, dans notre frénésie de consommation ?

– Il y a quand même eu la révolution de Mai 68, me fait remarquer une de mes filles *.

La « révolution » ? Tu parles !

* Non ! C'est ma femme qui m'a dit ça, ancienne fille des barricades. Souvenirs, souvenirs...

Mai 68 : les joyeux compères de la prospérité

Je n'ai pas participé aux ébats. J'avais vingt-quatre ans, une ex-compagne et déjà une fille. J'avais animé « Les Quatre Cents Coups » sur France Inter et, avec l'aval de Roland Dhordain, dans « 17/19 sur 19/29 », Jean-Marie Houdoux et moi-même profitions de notre émission pour faire découvrir les chanteurs et compositeurs de notre choix, ce qui ne plaisait pas à tout le monde. Je déconnais pas mal, et je me marrais bien en observant dans le « Palais gruyère * » tous ces jeunes requins qui jouaient au Grand Soir, suivaient les syndicats et contestaient tout, mais en se cramponnant à leur siège. La plupart d'entre eux ont obtenu depuis, à la radio ou ailleurs, des postes d'importance, sont devenus plus bourgeois que les bourgeois, mais arborent fièrement leur passé de soixante-huitards pour bien montrer qu'ils ont fait de leur mieux pour participer au progrès social... Quant à la Sorbonne, c'était la

* La Maison de la radio. Elle est moche !

grande fraternité. Fils de bourges et boursiers s'entendaient comme larrons en foire, forcément : quand on fait des conneries ensemble, il n'y a plus de classes sociales. Ça, c'était chouette !

Et de tout cela émergeait un superbe mirage : la liberté !

Liberté de penser, liberté de baiser

Le droit de dire, de ne pas suivre les chemins balisés, de bousculer les vieilles habitudes : il n'y avait pas là de quoi m'époustoufler, j'avais toujours agi ainsi, et je continuais. À mes risques et périls. Quand les événements de 1968 se sont tassés, je suis parti sans prévenir, une semaine, au Canada. Une envie d'escapade... De toute façon, si j'avais demandé la permission, on ne me l'aurait pas accordée. Forcément, j'avais le vent en poupe et mon départ pouvait foutre un sacré bordel *. Mais j'avais tout prévu et

* À cause des sondages. Déjà !

enregistré les émissions de la semaine à l'avance, comme ça ni vu ni connu.

Sauf que Roland Dhordain m'a fait appeler à la fin d'une de ces émissions et que, là, il a bien fallu lui dire que j'avais pris un congé « compulsif ». Résultat, au retour : viré. J'ai trouvé ça normal. La liberté, vue de cette façon plutôt anarchique, ça s'assume.

Je crois que « la liberté de faire n'importe quoi » des étudiants soixante-huitards procédait de la même joyeuse inconscience. Et je trouve cela plutôt gai. De là à parler d'idéal... Les ouvriers, qu'on sommait de rejoindre le mouvement estudiantin, ne s'y sont pas trompés. D'ailleurs un idéal, ça survit, dans l'ensemble, à un mois d'échauffourées. Ce ne fut pas le cas.

Cela dit, une autre liberté animait, à la faculté, le *sit-in* devenu un *sleep-in* : on baisait à tout va ! Les filles arboraient leur émancipation crânement, la pilule les préservait du préservatif, le sida était encore inconnu. L'accession au plaisir éclatait dans les corps, pour les cœurs on verrait plus tard. Les garçons se jetaient sans vergogne sur ces montures à leur disposition et bientôt, me confie une de ces cavales aujourd'hui rangée des orgasmes, il devint difficile d'accepter un dîner sans devoir le payer à la fin en nature *.

En attendant, la fête était de mise. Et c'était joyeux, plein de fantaisie, d'invention, sans étalage de richesses, sans soirées sophistiquées, naturel et sain. On a eu raison d'en profiter : dès la première moitié des seventies, les difficultés commençaient.

Là, on va faire un peu vite. Je ne veux pas me lancer dans un cours d'Histoire, j'en suis bien incapable. Je résume juste les faits tels que je les ai ressentis, sans exégèse socio-politique, tout le monde s'esclafferait. Et même si ça fait un peu « Café du commerce », je ferai remarquer que près des trois quarts des Français raisonnent de cette façon abrupte, au pif. Et quand les savants tentent de nous expliquer « les choses qui sont derrière les choses », pas toujours très claires et bien sou-

* J'exagère, je sais, mais ça fait une belle phrase !

vent contradictoires, on n'y comprend rien et on retourne à notre odorat. À notre bon sens ?

Cela a commencé à sentir moins bon lors de la première crise pétrolière, en 1973. Augmentation substantielle du chômage et inflation galopante. Les joyeux drilles de 68, maintenant entrés dans la carrière, étaient mécontents. Et les chômeurs donc ! On s'amusait encore dans les milieux intello-artistiques, mais genre danse sur un volcan, sorcières à brûler dans la tête et, pour beaucoup, un véritable idéal – enfin – dans le cœur. La table était servie pour la victoire de François Mitterrand, et mai 1981 fut la dernière grande fête.

Sommes-nous coupables d'avoir été bernés ?

Pendant que d'autres vivaient étourdiment leurs ultimes belles années, moi je faisais mes conneries tout seul, comme un grand. En

1970, j'avais tout plaqué pour me marier avec une Chilienne, décidé de m'installer dans son pays et de faire de l'élevage dans une ferme que j'achèterais là-bas. Eh oui ! Ce rêve me tenaillait déjà. J'ai donc quitté RTL, ma radio de l'époque, et je suis parti au Chili.

J'y suis resté treize jours. La famille de ma belle ne m'estimait pas beaucoup et mon besoin d'aventure n'avait rien à voir avec un projet bien mûri. En plus, ma femme ne souhaitait pas rester sur ses terres, mais vivre à Paris. Cela dit, quand j'ai décidé de revenir dans la capitale, elle ne m'a pas suivi. Tout cela était mal barré.

Mais l'époque était encore facile, et on m'appréciait. J'ai rejoint Europe N° 1, son fabuleux directeur, Maurice Siégel, et son propriétaire, Sylvain Floirat. J'y ai passé presque trois ans formidables, mais sans contrat. D'ailleurs, depuis mon arrivée dans le métier, j'avais toujours travaillé à la pige et je me souciais peu de cette précarité. Cette attitude est bien typique de ce temps-là : on retrouvait aisément du boulot, on croyait que les lendemains chanteraient toujours et l'on n'imaginait pas qu'on serait vieux un jour *. Cependant là, quand même, j'avais trente-quatre ans et je trouvais qu'il était temps d'assurer mes arrières. J'ai donc demandé un contrat, on m'a fait lanterner, on s'est foutu de moi. Le summum a été atteint quand on m'a refusé un aller-retour au Chili pour les obsèques de celui qui était encore mon beau-père. Bien entendu, je suis parti quand même. Et bien entendu, je n'ai pas regretté de l'avoir fait.

Hélas, cette fois-ci, non seulement j'allais être de nouveau viré – donc autant prendre les devants moi-même –, mais la rumeur a commencé à courir : « Klein est ingérable, c'est une tête de mule, on ne peut pas compter sur lui. » Et moi, je pouvais compter sur des gens qui refusaient de m'engager officiellement et de m'accorder deux jours pour une obligation familiale ?

Quoi qu'il en soit, une période détestable a suivi, de vaches maigres et d'angoisses, où j'ai cru lâcher prise. Tout était désormais dif-

* La seule chose qui n'ait pas changé, c'est qu'on n'imagine toujours pas qu'on va être vieux un jour.

ficile, l'espoir vacillait partout. Mais ma bonne étoile intervint. Le destin souriant me fit apprécier une fille à la fois fragile et solide qui n'allait plus quitter ma vie : Françoise.

Avec Françoise, ça allait durer. Pour ce qui concerne l'espérance folle de la Bastille, ce fut une autre histoire. Je parle de Mitterrand et de la reprise de la Bastille !

Rêver de Jaurès et se réveiller avec les golden boys

Je ne fais pas de politique, ça me dépasse. Et je crains de ne pas être le seul dans ce cas. Je pense qu'il y a des personnes dont c'est le métier et pour qui ça devrait être une vocation, et d'autres qui peuvent néanmoins apporter leur petite contribution quotidienne à leurs convictions et à leur éthique. La préservation de la Terre commence dans le fait de laisser sa voiture au garage quand on n'a que huit cents mètres à faire, l'antiracisme dans le sourire que l'on adresse à un individu différent de soi, le respect humain dans le respect du voisin et de soi-même. Nous y reviendrons quand nous parlerons des recettes de notre bien-être, à nous les futurs vieux (décidément, je ne me fais toujours pas à l'idée de l'être déjà !). Si nous nous attelions tous à ce genre d'exercices, la face du monde en serait changée. Mais bon, on peut n'être pas un spécialiste de la politique et s'étonner quand même que presque deux décennies de socialisme nous aient amenés à un capitalisme sauvage auprès duquel le paternalisme des patrons exploiteurs d'autrefois fait figure d'humanisme bienveillant !

Tout avait bien commencé, pourtant. Politique de relance, étatisations, promesses... Deux ou trois ans plus tard, on changeait de cap. Libéralisation, diminution des droits sociaux, précarisation des salariés au profit des actionnaires privés. Les *golden boys* faisaient fantasmer, les *traders* jouaient leur va-tout avant de nous ruiner. Dans les années quatre-vingt-dix, on assista à des spéculations effrénées. Le capitalisme financier s'installait, gommant tout aspect humain dans les entreprises, le cynisme prenait le dessus. Les banques affectaient la générosité en accordant du crédit à tout va, en Amérique bien sûr, mais aussi en Europe. Les quelques vrais soixante-huitards qui pensaient à autre chose qu'à jouer à la révolution s'étaient inquiétés de cette fuite en avant : « Mais où nous emmène-t-on, là ? » On ne les a pas écoutés.

On sait ce qu'il en est aujourd'hui. On nous a tous, pendant des lustres, condamnés à la réussite, nous nous sommes laissé faire et nous avons perdu. Bien fait pour nous.

La Berezina, ou l'espoir d'un changement ?

Je ne vais pas vous faire un topo de la situation, les médias s'en chargent et continueront longtemps, je suppose, de tenter d'expliquer la crise phénoménale qui va crevasser nos fins de vie et déstabiliser les plans de la jeunesse. Le système bancaire s'est effondré, les actionnaires sont ruinés. Les gros ont encore du grain à moudre, je ne me fais pas trop de bile pour eux ; mais les petits, qu'on a si généreusement incités à boursicoter, y perdent l'assurance de vieux jours un peu plus confortables. L'Amérique de la modernité est devenue un vieux pays. On fait fabriquer des vêtements, des voitures, des ordinateurs en Chine ou en Inde, devenues les phares de l'économie internationale. Sauf qu'on y exploite les travailleurs et fait bosser les enfants. Mais on est « forcés » de passer par eux, nous dit-on, parce qu'en Occident la main-d'œuvre est trop chère et ne permet pas d'être concurrentiel. Résultat, le chômage technique met les ouvriers comme les cadres sur la touche, l'Occident s'appauvrit de jour en jour et court à la faillite.

Alors, évidemment, on a appelé les États à la rescousse, eux dont on ne voulait plus qu'ils se mêlent de nos affaires. Et les États sont bien obligés de payer pour sauver le système car, sans cela, nous n'aurons plus, les uns et les autres, qu'à aller à la pêche. Encore faudrait-il qu'il subsiste dans nos rivières quelques poissons consommables *.

Je fais partie de ceux qui pensent que cette défaite prévisible mais toujours occultée va

* Encore merci à l'agriculture !

peut-être nous amener à des jours meilleurs. Il va bien falloir assainir cette course aux gains « virtuels » au profit d'une prise en compte des réalités terre à terre de la vie de tout un chacun. Ça prendra du temps et nous ne profiterons peut-être pas de cette embellie, nous les sexagénaires. Mais peu importe, l'essentiel est de l'espérer. Car si, à l'automne de sa vie, on ne s'intéresse pas au sort de ceux qui vont nous succéder, on ne peut pas vieillir heureux. Se préoccuper de l'avenir de l'humanité, c'est s'intégrer à elle et donc, d'une certaine manière, ne jamais tout à fait mourir.

*
* *

Cela dit, nous qui avons si légèrement abordé l'existence, ne nous attendons pas, pour sa dernière partie, au jardin des délices. Donc occupons-nous de nous pour mieux affronter les difficultés qui nous guettent. Et sans honte ! N'écoutez pas les leçons de morale des bobos qui ne manqueront pas de se donner bonne conscience en nous faisant remarquer que, de toute façon, nous ne sommes pas à plaindre au regard de la misère du monde. Des phrases toutes faites, toujours, chez ceux que j'appelle les *slapett people* * ! Ces champions de l'affectation se sont installés autour du canal Saint-Martin puis ont essaimé dans la capitale et en province, investissant de vieux dépôts, une imprimerie désaffectée, « relookant » – c'est-à-dire défigurant – les quartiers populaires en volant leur âme.

Bien sûr nous pouvons apporter notre obole, et même faire davantage pour la détresse du monde. Mais pour cela, il faut déjà que nous allions bien, physiquement, moralement, économiquement, et même philosophiquement.

Et ça ne se présente pas aussi mal que nous le croyons.

On en est où ?

Faisons le point : je vieillis, tu vieillis, il ou elle vieillit...

---

* En français : ceux qui se la pètent ! Ah ! ah ! ah !... Les *slapett people* : des attitudes, pas de convictions, pas de raisonnement...

Il vieillit, je veux bien en parler, c'est mon activité principale...

« Elle » vieillit, attention danger ! Elle ne se transforme pas comme lui. Il ronfle, elle aussi mais faut pas le dire... Elle a beaucoup trop chaud et ne comprend pas pourquoi, pas lui... Il pète, pas elle...

Le boulot n'est pas le même pour elle que pour lui. Je parle de l'entretien quotidien : les crèmes du lever, la peau qu'il faut hydrater, les crèmes du coucher, ou le masque réparateur... Pas facile d'être une femme qui vieillit.

Le matin, l'homme se rase... enfin, s'il en a envie. Pour moi, c'est le moment le plus léger de la journée, on se regarde, on s'admire, gentil commentaire, caresse sur les joues (un peu molles, mais bon...), une crème qui pue, une coupure, le bonheur ! Se raser, ça fait « actif », ne pas se raser, ça fait « retraite », renoncement ! Le vieux « cool et crade », ça peut plaire mais il y a un côté faux cul, faux laisser-aller, faux jeune. « Si je voulais je pourrais... je suis vachement beau mais je préfère que ça ne se voie pas, ouais, ouais, cool... » Alors que le rasé est handicapé par son aspect propre et net, le vieux dégueulasse (appelons-le comme ça) ne fait pas peur, il rassure même. Mais la vieille, la femelle du vieux, comment peut-elle s'en sortir ? Si elle se laisse pousser des poils sur le visage (c'est courant), ça la dérange. La femelle déteste les poils, elle arrache ceux qu'elle a sous les bras, se fait dégazonner la touffe dans l'éventualité de se promener en maillot de bain. La femelle ne gère pas sa dégradation de la même manière que le mâle, car il s'agit bien d'une dégradation, d'un naufrage ! Je déconne, mais pas tant que ça. Ce qui me rend joyeux, c'est que maintenant c'est la société qui nous donne des sous. C'est chouette ! Pourvu que ça dure. J'ai entendu à la « radio qui cause » qu'en 2020 les plus de quatre-vingt-cinq ans seront plus de deux millions en France. Et c'est vous, les jeunes, qui allez nous « sponsoriser » pour les crèmes du matin et du soir, les médicaments, les réductions SNCF, etc. Ça c'est *cool*, vous ne trouvez pas ? *

---

* Non, vous ne trouvez pas.

Merde alors, mon père n'aura jamais quatre-vingt-cinq ans. J'ai pas ri à son enterrement en laissant tomber une poignée de terre sur son cercueil déjà au fond du trou. J'ai déclenché une presque bagarre avec ses copains pochetrons. Triste moment. René Klein est parti dans la fosse commune du cimetière d'Antibes, je n'ai pas su le récupérer à temps... et pour quoi faire ?

CE QUE NOUS AVONS VU
ET QUE NOUS NE VERRONS PLUS

– Un homme et son cheval qui labourent un champ ; brouillard, ils n'ont pas froid et, à tour de rôle, leurs naseaux soufflent de petits nuages qui fondent... dans le brouillard.
– Pas de zone bleue, pas de radars, pas de « voitures Diesel ».
– Pas de télé... on parlait.
– Pas de sida... on baisait.
On peut dire ce qu'on veut, c'était le début et la fin... La fin de l'après-guerre, la productivité qui pointait son nez, le sérieux ; le début des grandes magouilles d'après 68, les désillusions... Alors pour nous occuper, les jouets sont tombés du ciel : ordinateur, Internet, téléphone portable, omniprésence de la télé, des drogues douces... Comme toutes les drogues douces elles conduisent vers les plus dures !
Heureusement, notre bonne crise va arranger tout ça en nous rendant moins exigeants, nous les riches.
Mais alors que se passera-t-il dans les pays pauvres ?

Mardi matin

Ah, ça c'est le matin ! La lune en pleins phares m'a sorti du lit ! Mais non, c'est pas la lune, c'est celui qui me réveillait bien avant le jour pour partir à la pêche : papa.

Avant le matin et après la nuit, il y a un moment qui sent le frais, les roseaux, la brume sur la rivière. Tout ça concentré en un flash coulé dans des mots qu'il me disait à l'oreille, lui debout, moi couché...

– C'est l'heure... on va y aller...

Et c'était le mardi... Depuis, j'aime le mardi, tous les mardis. Pourtant, ça n'a pas d'élégance dans la musique. MAR... DI. Alors que dimanche, quelle classe. Mais j'aime pas le dimanche. Déjà dit ! Le retour à la maison, ma mère qui me repassait mon linge, le car qui me remmenait au collège. Pensionnaire... mauvais souvenir.

Alors qu'un beau mardi... Inoubliable !

Tous ces trucs dans ma tête me reviennent sans nostalgie ni regrets, toujours frais. Je ne rêve pas au-dessus de mes moyens, je rêve, c'est tout.

On peut se faire vieillir et les autres avec si on perd l'élan du rêve. Dans le métier que je fais il n'y a pas de retraite, on n'en sort jamais car on a toujours l'envie, donc l'espoir, de rentrer dans un projet nouveau pour, encore une fois, aller vers les autres. C'est un luxe d'être aimé ou simplement reconnu par un public. Comment et pourquoi ça arrive ? La chance sans doute... En tout cas, les mois et les années passés à tourner des images qui font de vous un autre, « L'AUTRE », ces années riches ont aussi des côtés un peu sombres : les jours et les mois qu'on ne passe pas avec les siens ont toujours un écho « tristouille »... les vacances qu'on n'a pas pu vivre avec les enfants petits, les devoirs, le coucher, le réveil...

Et puis le temps passe et les « enfants petits » sont devenus grands et vos filles ont des enfants, vos petits-enfants.

Et le mardi de pêche me revient en

mémoire... En reprenant toutes mes notes afin de les rassembler dans un bouquin, je suis surpris de me retrouver dans l'enfance... Alors qu'il s'agit de dégoter des combines pour être vieux sans être vieux con, voilà que je repars à la pêche avec mon père à Beaulieu sur une barque en bois, lui debout à la godille ! Vous ne connaissez pas la « godille » ? Très fort. Une rame dans la main, verticale, le plat immergé, en appui sur le cul de la barque et vous faites des « 8 » dans l'eau, comme une hélice ! Très très fort ! J'ai vu une photo : ma sœur, mon père et moi sur la rivière, en bateau. Et le chien.

Quelles différences entre les vieux de cette époque et nous ? Un certain nombre ! Notre grande chance, en tout cas dans les pays qui mangent à leur faim, c'est la bouffe ! Ce choix qui nous est donné de consommer sain ou bio, ou « moyen », détermine notre vieillissement. Y'a pas que *Télérama* dans la vie, y'a la bouffe ! Et beaucoup d'autres choses mais, par exemple, je dis souvent qu'à la maison on mange tellement bien que ça me fait de la peine d'aller aux chiottes ! On devrait organiser des concours de merde. Y'aurait des lots à gagner en rapport avec le sujet et des blâmes pour ceux dont l'alimentation ne fait pas plaisir aux organes qui vont transformer ce qui entre dans le corps.

On devient ce qu'on mange, ne l'oubliez pas. Vous achetez vos cancers !

Entretenez la machine !

Heureusement que j'ai rencontré ma bio-femme qui fait ses courses (bio) à vélo, à son âge ! Elle est belle, elle est bio ! Pas facile d'avoir une ligne de conduite comme une autoroute... Moi j'aime le Coca, j'en bois, avec modération. Quel truc de faux cul, « avec modération ». Il en est mort, mon père, de l'apéritif à l'anis, aujourd'hui il serait sauvé. Avec modération !

Pour bien vieillir, mieux vaut rire et ne pas se mettre en colère contre toutes ces entourloupes qui nous entourent.

Enfin, depuis trente ans, rédemption !! Merci Françoise Vallon ! Je l'ai échappé belle ! 1978, retrouvailles avec Françoise. Je n'étais pas au mieux de ma forme, plutôt « sans modération » après RTL, Europe 1 et RMC, mon élan m'avait quitté alors je picolais : le vin, ça secoue l'âme !

Et c'est par l'âme qu'on s'est aimés, et le vin m'a oublié. Une rechute tout de même. Il faut dire que mes débuts au cinéma m'avaient inquiété sur le plan de la santé physique et morale. J'avais eu la chance de tourner avec Romy Schneider, Michel Piccoli et Maria Schell dans *La Passante du Sans-Souci*[1], une expérience inoubliable, mais je me demandais comment survivre dans un milieu où faire la fête semblait être une institution.

Je me souviens encore du traditionnel dîner de fin de film avec Romy et toute l'équipe, à Berlin. Nous étions tellement bourrés que le lendemain matin nous avons tous raté l'avion. Tous ! Personne ne s'est levé. Lorsque j'ai repris mes esprits, j'ai pensé que si je devais continuer à faire ce métier il ne fallait pas que j'adopte ses coutumes, sinon je ne tiendrais pas. S'il était nécessaire de

---

1. Réalisé par Jacques Rouffio, ce film sorti sur les écrans en 1982 est le dernier de Romy Schneider, qui décédera le 29 mai de la même année. Nomination aux Césars pour moi.

prendre autant de carburant pour faire du cinéma, alors je préférais arrêter tout de suite. Je n'allais tout de même pas me saouler non-stop sur chaque tournage pour jouer à l'acteur – ce que je ne suis pas. Je ne me compare pas aux grands avec qui j'ai tourné par la suite comme Michel Piccoli, que j'ai retrouvé pour *Le Général de l'armée morte*[1], avec Marcello Mastroianni et Anouk Aimée, ou Harrison Ford dans *Frantic*[2] avec Emmanuelle Seigner. Ma conception du métier est plus « artisanale » – je crois l'avoir montré avec *l'Instit* pendant douze ans – , en tout cas je me sens plus à l'aise sur les petits sentiers que sur les autoroutes.

Il ne faut pas croire, d'ailleurs, qu'être un grand acteur nécessite fatalement de faire la foire sans arrêt. Harrison Ford me l'a confirmé. Ce géant de *La Guerre des étoiles* et des *Indiana Jones* étudiait son scénario jusqu'à la dernière minute avant chaque prise ; il ne mangeait pas beaucoup, se couchait de bonne

1. (1983) – Drame franco-italien de Luciano Tovoli, d'après le roman d'Ismaïl Kadaré.
2. (1987) – Film de Roman Polanski.

heure, buvait de l'eau quand nous partions déjeuner tous les deux, et nous courions plus vite que ses gardes du corps.

J'ai donc décidé de changer. Le simple fait de vivre avec Françoise et d'avoir eu Mélie, en 1980, puis Ninon, notre deuxième fille, l'année suivante, m'y incitait avec bonheur. J'avais la chance de travailler, d'avoir pu acheter en me bagarrant beaucoup la maison où nous vivons toujours, un lieu qui nous va parfaitement, bien situé, de bonnes dimensions et où l'on se sent en paix. Alors je devais faire des efforts. La chance, c'est comme le bonheur, il faut la respecter, remercier, renvoyer l'ascenseur, c'est-à-dire mériter par son comportement ce que l'on reçoit. Il serait dommage de tout gâcher en ne respectant pas la vie sous toutes ses formes, notre corps, notre santé au premier chef. C'est quand même vital de se préoccuper de ce que l'on va consommer plutôt que d'avaler n'importe quoi. Et ça me fait toujours sourire de voir les gens se plaindre de leurs maux mais de les susciter, souvent, avec leur fourchette.

Mangez bien, mangez bio !

Pour Françoise, très au fait des problèmes de nutrition, c'était une évidence. Elle avait tout de suite aménagé un potager sur une belle parcelle du terrain afin de cultiver de quoi nourrir sainement les enfants, et nous mangions bio avant que le mot soit à la mode. La journée commençait avec un « bon » petit déjeuner, c'est-à-dire des céréales en graines – écrasées au moulin, s'il vous plaît – et des fruits frais épluchés au dernier moment. Les repas étaient à l'avenant : les viandes et les poissons provenaient d'élevages que nous connaissions – vous avez dit « traçabilité » ? –, les fruits, plantes aromatiques, fines herbes et légumes venaient du jardin. Grâce à cette hygiène de vie, j'ai vraiment changé. En quelques mois, je suis redevenu comme avant lorsque, gamin tout juste sorti d'un pays de campagne comme Montmirail dans la Marne, j'avais débarqué à Paris.

Pendant une douzaine d'années, nous avons suivi les préceptes alimentaires du docteur

Kousmine[1], dont la méthode connaissait des succès thérapeutiques notables. Ses observations sur l'étiologie des cancers l'avaient amenée à constater l'influence insidieuse des changements survenus dans l'alimentation depuis la Seconde Guerre mondiale, causes de carences en vitamines et d'auto-intoxications à partir d'une flore microbienne intestinale devenue pathogène. Cela n'expliquait sans doute pas tout, mais les effets étaient indéniables. Nous avons appliqué ses recommandations alimentaires. Nous nous sentions bien, et nous étions tous en pleine forme.

Malgré cela, quand autour de nous nous parlions de Kousmine, de complexes d'origine végétale élaborés à partir de plantes aromatiques, d'huiles pures ou d'oméga-3, ça faisait rigoler tout le monde. À l'époque, on nous a pris pour des illuminés !

---

1. Catherine Kousmine (1904-1992), médecin d'origine russe émigrée en Suisse, a développé une méthode aujourd'hui mondialement connue qui porte son nom, pour le maintien, la sauvegarde et le développement des principes agroalimentaires. La méthode Kousmine est également utilisée dans le traitement des maladies dégénératives en complément des traitements conventionnels.

Et puis un jour, j'ai élevé des vaches. Je leur ai donné – je l'ai dit – une alimentation saine. Elles fabriquaient des oméga-3 et tout le monde rigolait encore. Maintenant, c'est moi qui me marre !

Qui donc produit des viandes saines et consommables ?

Qui donc produit du bon lait sain et consommable ?

Qui donc produit des porcs sains et consommables ?

Là, on rit moins fort et l'agriculture biologique ou l'élevage bio ne sont pas les mieux lotis... à croire que ça dérange. Si vous voulez changer le monde, commencez par changer votre alimentation, vous vieillirez autrement... Et dites-vous que c'est une chance de pouvoir le faire. Et de manger à sa faim.

À la pêche avec mon père, on disait : « Ce soir on mange ce qu'on a pêché. » Bredouilles, on riait.

Y'a des bredouilles qui meurent de faim, ils sont nombreux. Nous n'avons pas vraiment le droit de nous plaindre ! Simplement le droit de sourire quand on nous dit de ne pas laisser couler l'eau du robinet quand nous

nous brossons les dents... alors que notre belle agriculture consomme des millions de mètres cubes de flotte pour arroser, arroser, et arroser encore... Un kilo de grains de maïs a « consommé » quatre cent cinquante litres d'eau, paraît-il. C'est beaucoup ! Mais on ne peut rien y faire pour le moment... J'espère que ça changera.

Quand on mange, encore une fois, on a cette chance de pouvoir le faire. Et quand on arrive à être rassasié, on a gagné ! La sensation de satiété arrive assez vite si on prend la peine de mâcher un peu plus longtemps ce qu'on a dans la bouche. Je sais, c'est chiant ! Mais c'est très efficace, très simple et ça peut nous éviter d'être gros comme un chasseur... Vous connaissez beaucoup de chasseurs maigres ? Le chasseur tire et le banquet tue !

C'est Nino, sept ans, l'un de nos petits-enfants qui m'a dit : « C'est surtout les gros qui vont à la chasse ! »

Il a raison. La fédération devrait engager des nutritionnistes... Donc le chasseur, jeune ou vieux, n'est pas un exemple à suivre, il faudrait alléger le repas de chasse, l'apéro, le pousse-café... mais alors, pourquoi chasser ?

QU'EST-CE QU'ON MANGE ?

On parle beaucoup moins de l'alimentation que de la couche d'ozone ou du sauvetage de la planète. Pourquoi ?
Six milliards d'êtres humains, c'est six milliards de fois une personne. Tous ne mangent pas à leur faim.
Nous avons pour l'instant la possibilité de le faire.
Alors pourquoi ne pas choisir ce qu'on met dans notre bouche, dans notre corps ?
Devenez celui ou celle que vous êtes vraiment ; ne faites pas que ce que la télé vous dit !
Même si le soir dans le lit vous tripotez plus la télécommande que votre compagne ! Ça aussi faut que ça change !

Apprenez à boire !

Pas facile en France d'échapper au bistrot ! J'y viens sur le tard, maintenant qu'on n'y fume plus. Un fumeur, ça pue ; une fumeuse, ça pue aussi. Depuis que ça ne pue plus, je vais au bistrot, pas pour picoler, juste pour un café et pour l'ambiance. Ambiance PMU ou vendredi 13... L'espoir sur toutes les tronches ! Même les détails (surtout les détails) comptent dans la vie qui passe. La fleur a son parfum, la vie a ses détails... On ne vieillit pas de dix ans d'un coup mais d'une seconde et puis d'une autre pendant dix ans, c'est plus marrant !

C'est vrai qu'il n'y a aucune raison de se sentir obligé de consommer de l'alcool parce que tout le monde en prend. En fait, on n'ose pas. Je connais des garçons, sans parler des femmes, que tous les autres regardent en biais s'ils disent « je prendrai un jus de fruits ». Ce n'est pas normal. Si l'on n'a pas envie de s'arsouiller, il n'y a aucune excuse à le faire. En France, quand des mecs qui ont travaillé ensemble toute la matinée vont siffler un canon à midi, ça fait autant de tournées qu'il y a de personnes. Chacun paye la sienne. Moi, je dis non tout le temps. Je reste avec eux, on rigole mais je bois un Vittel cassis ou un truc approchant.

En fait, pour moi, boire est un plaisir et non une habitude. Et si on boit, « on boit du bon ». On se donne les moyens de boire du bon. On travaille pour ça, s'il le faut, mais je n'ai aucune raison de me faire des trous dans l'estomac avec une piquette ou du rouquin qui tache. En plus, si je décide de boire, je le fais généralement avec des potes parce que boire c'est un partage, et si on décide de se péter la gueule ensemble – ce n'est pas interdit non plus, à condition de ne pas mettre la vie d'autrui en danger –, pour moi, c'est une activité.

Pour finir les travaux de remise en état de la maison que nous possédons en Auvergne avant l'hiver, nous sommes descendus quatre jours là-bas, Françoise et moi. Nous avons retrouvé Alain Chassagne, un vieux copain avec qui nous avons traversé les dix ans d'aventure auvergnate, la ferme, le troupeau, le restaurant La Bougnate et j'en passe. Nous étions contents de nous voir tous les quatre, avec Claudine, la femme d'Alain, comme au bon vieux temps. C'était rigolo. Et moi, tous les soirs, j'apportais un magnum de rouge de ma cave, pomerol, saint-émilion, des bouteilles de vingt ou vingt-cinq ans d'âge que nous descendions rituellement. Souvenirs, souvenirs !

Naturellement, pendant cette « cure » durant laquelle Françoise a abattu un travail de forçat puisqu'elle ne sait pas faire autrement dès qu'il s'agit de transformer un gourbi en quelque chose d'impeccable et de caractère, nous avons trop mangé et trop bu. On a bu et rebu, mais uniquement selon nos principes solidement ancrés : que du bon ! Nous étions déterminés et heureux de faire ça sans complexe, pour le plaisir. Au retour, je me sentais repu et merveilleusement bien. Je n'avais plus qu'à éliminer, donner la réplique à ces excès volontaires, en buvant de l'eau.

Avec Françoise, on a pris le temps de réfléchir, de comprendre que ce que l'on met dans son corps n'est pas innocent et que nos gestes du quotidien les plus ordinaires, notre façon de bouger, de satisfaire nos besoins les plus élémentaires influençaient notre personnalité. J'ai pris l'habitude de « fréquenter » de bonnes salades, aromatisées avec de la ciboulette qui pousse partout chez nous. C'est excellent. Et même si au début de l'hiver les poireaux qu'on a mis dans le potager sont un peu montés, un peu fermes, ils ont un tel goût et dégagent des arômes si subtils que c'est un régal. Il y a trente ans que je mange bien et que j'ai trouvé un juste équilibre, dans une conception globale de la vie, en accord – mais c'est personnel – avec notre planète Terre et l'Univers.

Manger sain et manger moins ! Il vaut mieux sécher un peu en vieillissant – c'est mon choix – que de se ruer sur les kilos, disons une bonne vingtaine, au bénéfice de l'âge. Et ça, c'est une discipline quotidienne. Multiplier les régimes, les massages, se faire suer au sauna ou pouponner à la thalasso ne règle pas le problème. Ça aide, c'est vrai. Surtout à prendre de bonnes résolutions ! La thalasso, c'est chouette. Seulement, si à la fin de ta cure tu reprends la vieille route de tes habitudes, c'est râpé en quinze jours. Et puis, c'est trop cher...

Soignez l'hygiène !

Sur les tournages, je connaissais un technicien qui ne partait jamais en déplacement sans emporter de l'eau de Javel. C'était un maniaque de la propreté. À l'hôtel, il nettoyait méticuleusement ses toilettes tous les jours car, me disait-il, « tu comprends, la fille qui fait le ménage passe la serpillière par terre et fait la lunette des chiottes dans la foulée, ce n'est pas possible ! » Il avait raison. Bonjour l'hygiène ! Ce sont des choses auxquelles on ne prête pas assez attention, comme se laver les mains que l'on porte si souvent à la bouche sans s'en rendre compte, ce qui évite plein de maladies.

C'est drôle, et un peu dommage en même temps, qu'on soit obligé à présent d'avoir recours à des campagnes de pub à la télé pour nous rappeler des principes élémentaires qu'on apprenait autrefois à l'école primaire et auxquels nos parents veillaient. Je me souviens de mon père, il prenait nos menottes dans ses mains pour nous apprendre à bien les laver avant de passer à table et, par la suite, lorsque nous savions nous débrouiller seuls, ma sœur et moi, il passait l'inspection avant chaque repas en nous demandant de les lui présenter « dessus-dessous ». Gentiment !

Il est quand même facile de comprendre qu'en hiver, par exemple, lorsque tout le monde a la grippe et que tu prends les transports en commun en laissant traîner tes mains partout, tu as moins de chances de t'enrhumer ou de choper le dernier virus à la mode si tu les laves en arrivant au bureau. Quant à sortir des chiottes en négligeant l'étape lavabo, bravo ! Pourtant, c'est vérifié : les trois quarts des gens oublient cette précaution élémentaire.

Quant à la toilette générale, quotidienne, faut-il rappeler qu'elle participe du respect de ce corps que l'on trimbale sous le nez des autres ?

Du sport ? En tout cas du mouvement !

Quand j'étais gamin, mon grand-père maternel, Fernand Destenay, aimait à répéter qu'« on ne peut pas être et avoir été ». Ça tombe sous le sens et pourtant, je me demande pourquoi un aussi grand nombre de seniors feint de l'ignorer. Comment peut-on tenter de faire croire qu'on est jeune en essayant de damer le pion à son gendre au tennis le dimanche *, à soixante-cinq ans, au risque de succomber à ce que les médecins appellent, en pareille circonstance, « l'infarctus du lundi matin » ? Il faut quand même savoir renoncer à certaines choses. Il est certain que si tu courais le cent mètres à vingt ans en dix ou onze secondes, ce qui est une performance exceptionnelle, ça ne sera plus pareil quelques années plus tard, même si tu t'appelles Usain Bolt[1] !

Moi, j'ai même arrêté les sports d'intérieur. Repeindre un plafond perché sur un escabeau, c'est fini. Il faut dire que, récemment, alors que je terminais un placard à deux mètres cinquante de hauteur, sur le fameux escabeau, je ne sais pas ce qui s'est passé, mon pied gauche a dû glisser, je suis parti en arrière en

---

* J'men fous, je ne joue pas au tennis !

1. Sprinter jamaïquain, champion olympique sur la distance aux J.O. 2008 de Pékin, et détenteur du nouveau record du monde du 100 mètres en 9.69'.

poussant un grand cri – parce que si on tombe on doit pousser un grand cri sinon ça ne vaut pas le coup – et je me suis écroulé par terre. Je me suis écorché un bout de bras, j'ai eu mal aux fesses, mais c'est tout. Je me suis dit qu'à mon âge, avoir une chance pareille, ça ne se reproduirait pas deux fois. Il ne faut pas tenter le sort. J'avais fini mon placard, c'était la consécration de mon chemin de croix de bricoleur, j'ai rangé l'escabeau.

– Moi, de toute façon, je ne peux plus faire de sport, j'ai des douleurs partout, me dit un copain.

Du sport, peut-être pas, mais du mouvement, oui ! La sédentarité, c'est l'entrée en vieillesse. Vous n'êtes pas grabataire ? Bougez ! Marchez, promenez-vous, faites du vélo. Jardinez, sarclez, désherbez ! Une fois que j'ai enlevé toutes les herbes du potager, j'en fais du compost. Puis je me dis que je vais bêcher. Bêcher un jardin, d'abord c'est utile, c'est sain et comme je n'ai mal nulle part – c'est affreux, je n'ai même pas mal aux reins –, je retourne vaillamment la terre et, sur le conseil de Françoise qui est pleine d'expérience et de sagesse – il faut le dire –, j'enlève toutes les racines. C'est-à-dire que je retourne, tac, tac, tac, je sors les racines – après on a moins d'herbe –, ça fait du bien, c'est un exercice sportif *. Je le fais en quelques jours et ensuite je suis content parce que je regarde passer l'hiver. Il n'y a pas d'herbes dans le jardin. C'est un peu normal en ce moment, rien ne pousse. Au début, tu crois que c'est grâce à toi, tu te dis que tu l'as bien retourné, ton jardin, et dès que le premier sourire du soleil arrive, en une semaine ton jardin est tout vert. « C'est que tu as mal désherbé », me dit Françoise. Alors elle redésherbe et moi je plante, elle est meilleure que moi ! En tout cas, c'est une bonne façon de bouger.

Et ce qui est sûr, c'est qu'après ce genre de boulot, tu n'as plus de problème pour dormir. On dit que les vieux dorment de moins en moins, c'est normal : ils somnolent toute la journée ! Mais à soixante-cinq ans, on n'est pas vieux à ce point. Alors sortez de ce fauteuil où vous fumez non-stop devant le feuil-

* Je regarde aussi Françoise le faire, ça me repose !

leton télé. Il est vrai que je suis mal placé pour parler de la cigarette : je n'ai jamais pu m'y mettre, je n'y arrive pas.

Pourtant, quand je sens l'odeur du tabac, ça me donne envie. Alors je prends une cigarette, je tire quelques bouffées et je tousse ! C'est super !

LA SURDITÉ : TRICHEZ !

Être un peu sourd, ça ne rajeunit pas. Au début, on ne veut pas se l'avouer et on se cherche des excuses : « J'ai écouté la musique trop fort », « au travail beaucoup de bruit ». On peut inventer aussi les avions qui décollent, les trains, les enfants ! J'exagère ! Dans tous les cas NE FAITES PAS RÉPÉTER ! Contentez-vous de hocher la tête... ou de faire « Ah ! Ah ! » du fond de la gorge... au bon moment. Ah ! Oui, au bon moment ! Pour cela, observez ceux qui écoutent : celui qui parle, vous l'entendez à peine et vous ne savez pas lire sur les lèvres. Tant pis !

Sinon il y a la bonne oreille. Les chanceux qui entendent encore pas trop mal d'une oreille. Toujours bien se placer... de manière à faire tomber les sons dans la bonne oreille !

La surdité, ça fait marrer les autres. C'est sûr, quand quelqu'un répète la fin de la phrase qu'il n'a pas bien captée, « quoi, une fille à poil ? » pour « je te dépose à l'Étoile », ça rigole dans la bagnole.

C'est toujours ça de pris : le vieux fait sourire, alors ça vaut quand même le coup. La tendresse qu'il reçoit dans les regards indulgents, c'est doux comme les perce-neige.

Mercredi. Le jour des enfants

« Salut l'Instit !... » Le coup est parti du trottoir, là, droit devant. Le gars avec sa copine qui regardait la vitrine de GAP a tourné la tête un quart de seconde trop tôt. J'arrivais à sa hauteur, je n'ai rien pu faire pour l'éviter. Je lève la main, moins haut que De Gaulle quand il saluait la foule, j'affiche un petit sourire pas tout à fait convaincant, un peu faux cul, avant de répondre l'air faussement enjoué « Salut, ça va ? », tout en poursuivant mon chemin. Surtout ne pas s'arrêter, sinon c'est foutu. Déjà que le gars se retourne, me suit du regard, se demandant s'il va oser m'aborder, et avec lui d'autres, intrigués, qui me dévisagent au passage.

Je sens leurs yeux braqués dans mon dos comme sur une cible de jeu de fléchettes dans un pub anglais. J'ai beau y être habitué, depuis le temps, je n'arrive pas à m'y faire. Françoise et les filles, qui m'accompagnent, se marrent. Elles suivent trois mètres en arrière pour ne pas être prises en otage et rigolent sournoisement à chaque fois, car elles savent bien que ces marques inévitables de reconnaissance me mettent mal à l'aise.

Je n'en veux pas aux gens, aux spectateurs de la série, bien sûr, mais comment leur faire comprendre que je ne suis pas l'Instit, que je ne suis pas Victor Novak, que je suis Gérard, et qu'ils ne me connaissent pas, contrairement à ce qu'ils pensent, parce que je ne suis *pas* le personnage en question, ni aucun de ceux que j'ai interprétés pour d'autres séries ou dans la douzaine de films dans lesquels j'ai tourné depuis mes débuts au cinéma.

Être vieux, c'est enfin être soi

Vous vous rendez compte de votre chance ? Plus de patron à subir, plus d'horaires fixes, plus de stress, plus de tracas, du temps libre, « retrouvé » : vous êtes votre propre patron désormais, le maître de votre destinée. Sauf que c'est qui, ce type-là, dans la glace, qu'il va falloir fréquenter ? Pareille confrontation a de quoi laisser perplexe, on s'est oublié pendant tant d'années. Les échelons à gravir, la maison à payer, les enfants à élever, les rouspétances contre le système, la révolte de comptoir ou de salon, ça occupe. Et il est comment, ce patron-là ? Et comment il est cet instituteur ? Mercredi, jour des enfants... C'est le jeudi de notre enfance. Quelles traces ? Quels visages ? Ces enfants, vous allez les retrouver en prenant de l'âge et en n'ayant pas d'activité professionnelle inévitable. Maintenant vous pouvez zapper tout ce qui vous ennuie, ou presque...

C'était comment la fête de l'école ? C'était comment le pot de départ ?

Entre les deux, une vie...

Ne pas exister que par sa fonction

Je ne suis pas plus l'Instit que vous êtes le comptable, l'ouvrier métallurgiste, le cadre moyen ou supérieur, l'avocat, le médecin, le policier. Et pourtant, vous avez tellement galéré pour obtenir tous ces titres et exercer tous ces métiers que vous vous êtes identifié à eux. Et quand vient l'heure de quitter ces professions, vous voilà largué, anéanti, comme ce vieux copain qui me disait « je ne suis plus rien ».

Mais bien sûr que si, vous êtes quelque chose ! Et une chose de première importance : vous êtes *vous* ! Il va falloir accepter d'exister vous-même, en tant que tel. Seulement voilà, encore une fois, qui êtes-vous ?

Je vous l'accorde, ce genre d'interrogation donne le vertige. Parce que, pendant des années, vous ne vous êtes pas posé cette question. Vous étiez pris dans l'engrenage de la carte de visite, couvert par l'étiquette de votre job, vous avez assez ramé pour l'obtenir, et le garder. Dès l'enfance, on vous a conditionné dans ce sens. « Alors, l'école, ça marche ? Qu'est-ce que tu veux faire plus tard ? » Pour le môme, « plus tard », c'est dans deux minutes, il a son sac de billes dans la poche et il veut aller jouer. Mais il va entendre si souvent la phrase qu'à seize ans ans, âge de la fin de l'école obligatoire ou de l'orientation scolaire pour ceux qui ont la chance de continuer leurs études, c'est l'angoisse. Que vais-je faire ? Qu'est-ce que je *serai* plus tard ?

Parfois on a une idée, voire une vocation et on ne peut pas la suivre. Moi, je voulais être médecin, mais mes parents n'ayant pas les moyens de payer de longues études, j'ai dû renoncer. Ce qui ne m'a pas empêché de m'éclater dans d'autres domaines. Une chance : rien n'est plus frustrant qu'une occupation « alimentaire » qui ne vous plaît pas. D'autres ont pu choisir le boulot qui leur convenait, mais au bout de quelques années, ils y ont perdu leur identité. Vous voilà électricien, agent technique, attaché commercial, VRP, on vous juge performant, drôle ou taciturne, hypocrite ou bien « ouvert », mais ce que vous êtes vraiment, on s'en moque. Pourtant, croyez-vous que votre femme soit tombée amoureuse d'un électricien, d'un agent technique, d'un directeur commercial, etc. ? Les relations dans l'entreprise, dans le commerce ou ailleurs, les relations *professionnelles* sont souvent cordiales, rarement intimes et encore moins « humaines ». Est-ce cela que vous allez regretter ?

Ben oui. Souvent. Je sais qu'on rencontre des retraités heureux, particulièrement ceux qui avaient un métier si pénible qu'ils ont rêvé pendant quarante ans de le quitter, mais en règle générale les gens perdent un moteur essentiel de leur vie lorsqu'on met fin à leur activité professionnelle. Pour la plupart, pourtant, ce moteur se résume à une tension, une colère plus ou moins larvée contre la hiérarchie, contre le patron – presque toujours considéré comme un « gros enfoiré ». Ce vieux cliché, cher aux syndicats, me fait bien rire car pour ma part je ne connais pas d'entreprise sans patron ; pour qu'il y ait des employés, c'est sûr, il faut aussi des patrons, des gens qui prennent le risque d'entreprendre quelque chose. Seulement le concept a été mal vendu. On a préféré entretenir la colère. Le mécanisme est assez primaire, mais comme il permet accessoirement de compenser les problèmes et les insatisfactions personnelles, tout le monde, ou presque, y trouve son compte. Gueuler, s'agiter, récriminer, c'est latin. Et si être vieux, c'est être en colère contre tout, alors il y a plein de mecs qui sont vieux dès le départ. Des jeunes-vieux, quoi ! Peut-être qu'ils ont eu une enfance difficile, peut-être qu'ils ne sont pas allés à l'école assez longtemps, ce qu'on ne peut pas leur reprocher, mais peut-être aussi qu'ils manquent de bon sens.

C'est dommage, parce qu'on aurait très bien pu transformer cette colère en générosité. Physiologiquement, la colère et la générosité ne sont pas des énergies très éloignées, ce sont des flux, des pulsions motrices capables de déplacer des montagnes. On aurait pu canaliser ces forces pour les mettre au service du groupe, de l'entreprise, de la collectivité et du pays. Au lieu de ça, on a volontairement coupé, séparé, divisé pour pouvoir régner. On y retrouve bien le modèle politique et c'est dommage.

On est loin de nos retraités ? Pas du tout ! Le vide, ou plutôt la peur du vide, associée à la rancœur, sont des armes de destruction massive quand on les utilise dans la guerre des mises à la retraite anticipée à cinquante-cinq ans, des compressions de personnel et des licenciements, des rachats d'entreprise avec les mesures sociales qui vont de pair, et je ne parle pas de ceux que l'on n'a pas laissé faire ce qu'ils voulaient, ce qu'ils aimaient.

Bref, nos retraités se sentent démunis. Parce que tous ces tracas, ces injustices, ces collègues « chacun pour soi », ce chantage genre « si vous n'êtes pas content, vous êtes libre de partir », ça occupait leur temps. Et pour peu qu'en plus vous ayez aimé réellement votre métier, il est resté le centre de votre univers.

Maintenant, le centre de votre univers, c'est vous.

*
* *

« Maintenant »... Je trouve que quand on vieillit on a moins de force pour ramer, alors peut-être est-ce le moment de laisser à d'autres les avirons en nous contentant de regarder le paysage et de réfléchir – c'est pas mal non plus comme programme ! – sans avoir une épée dans le dos ni l'œil sur la montre. Il y a un moment où il faut accepter de faire autre chose, d'avoir une occupation qui n'est plus dictée par les circonstances ou le salaire, mais par ce que l'on ressent, par ce que l'on a envie d'accomplir, même rien. Oser le rien. Pourquoi ne pas se mettre en jachère jusqu'à ce que le besoin de se lancer dans un projet précis émerge tout seul, comme une herbe sauvage ?

En tout cas, il faut bien prendre conscience du fait que tout n'est pas terminé – ni sans saveur – pour autant. Sinon ça peut devenir dangereux. Certains, en effet, préfèrent prendre directement la tangente vers la sortie de scène. Ni vu, ni connu, on les accompagne au cimetière un an après leur départ en retraite sans qu'ils aient percé le mystère de leur identité.

Si ça se trouve, tout au long de leur vie, ils se sont débrouillés pour ne jamais aborder le problème. Les autres, à l'aube de leur période « à toi de décider en fonction de ce que tu es », constatent avec prudence : je sais à peu près ce que je pense, mais c'est tout. C'est sûr, tu connais tes pensées, mais pas la machine qui pense. Tu regardes l'heure, mais tu ne sais pas comment marche ta montre. Tu me diras que pour connaître l'heure, tu n'as pas besoin de le savoir. Exact. Seulement là, tu *es* aussi la montre. Alors ?

« Alors tout ça, c'est de la philosophie à dix balles ! », ronchonneront ceux qui ont tout « sacrifié » – y compris les autres – pour « arriver ». Qu'il s'agisse de petits chefs ou de grands directeurs, ils ont le pouvoir, on les craint, on les respecte, on ne les aime pas toujours mais ils s'en foutent – on ne peut pas tout avoir. Et soudain, six mois avant qu'ils ne fassent leurs adieux, on ne leur fait déjà plus de courbettes, on les écarte des nouveaux projets, on a omis de les convier à telle ou telle cérémonie. Ça fait mal...

Oublier les hochets, et la rancœur avec

En vouloir à la Terre entière de votre mise au vert ne servira à rien. Et puis généralement, pour ce faire, on utilise des arguments idiots. « J'ai donné toute ma vie à cette boîte. » D'abord, si vous avez versé votre obole travailleuse au bien-être de cette boîte, elle vous a quand même fait vivre. Ensuite, vous n'étiez pas obligé de « tout » donner. Si vous avez omis de vous occuper de l'essentiel – votre vie personnelle, familiale, amicale –, ou c'est un choix délibéré et personne d'autre que vous n'est responsable, ou bien vous avez eu tort... Vous avez « formé » des apprentis devenus aujourd'hui des maîtres d'œuvre hors pair, les voilà qui vous poussent dehors pour racheter votre ébénisterie ou qui veulent partir ailleurs, aucune reconnaissance. Mais si, ils savent ce qu'ils vous doivent ! Ils le disent d'ailleurs volontiers, là n'est pas le problème, ils veulent juste prendre votre place, c'est normal.

Allons, arrêtez de ronchonner, et surtout de vous ronger d'amertume. Vous avez eu de bons moments, non ? Et quelques avantages...

Seulement voilà, les avantages aussi, c'est fini. La voiture de fonction, les flatteries de tous ceux qui venaient vous manger dans la main pour tirer quelque chose de vous, votre talent, une faveur, un avancement, une augmentation... Et les invitations à dîner, à parader dans les cocktails où l'on s'ennuie généralement à mourir mais il faut bien se montrer : TER-MI-NÉ ! Vous voilà libre, vous ne comprenez donc pas ? Vous quittez la scène, vous n'avez plus de rôle à jouer : vous repartez dans la rue, dans la vie, la vraie. Les courtisans d'hier ont pris la poudre d'escampette, vous pouvez retrouver vos vrais amis. Vous allez peut-être même les découvrir ! Jamais vous n'auriez pensé que celui-là, si discret, presque distant du temps de votre splendeur, se tiendrait là, près de vous, en ce moment, toujours aussi pudique mais présent. Comme quoi la vie réserve bien des surprises... Voilà qu'on va vous aimer sans calcul, gratuitement !

Moi-même, quand je ronchonne contre les spectateurs qui me hèlent dans la rue, au resto, à l'hôtel, comme si je faisais partie de leur existence au même titre que leur télé, c'est juste parce que ça me bouffe un peu le quotidien. Mais je ne suis pas dupe : quand on fait du cinéma et/ou de la télé, c'est quand même avec l'arrière-pensée d'avoir – aussi – ce genre de succès. Simplement, je ne veux pas m'enfermer dans un rôle, je ne veux pas devenir *l'autre*. Le personnage, l'acteur. Je ne veux pas tomber dans le piège, sinon c'est fini. Je n'ai plus qu'à me faire prêter une bagnole, loger gratuitement dans un palace, me produire dans les croisières, la pente est savonnée. Je ne veux pas passer à côté de moi. Parce que *l'autre*, quand il aura fini de tourner, il disparaîtra. Et moi, quoi que me réserve l'avenir, je veux continuer d'exister.

Évidemment, il y aussi un détail non négligeable : vous avez sans doute moins d'argent que par le passé. Mais beaucoup d'entre vous en auront encore. Et je ne vais pas ajouter, histoire de vous faire la morale : songez donc à tous les vrais pauvres ! *Songer* aux vrais pauvres ne sert à rien, il vaut mieux *faire* quelque chose pour eux, chacun selon sa conscience et ses moyens, et arrêter les grands discours.

D'accord, votre retraite est inférieure à votre précédent salaire. Et puis vous venez de tout perdre à la Bourse ! La Bourse mondiale, pour moi, c'est la vitrine d'une extraordinaire escroquerie, et le symbole même de la naïveté populaire. On vous montre comment des gens qui gagnent des fortunes ont encore gagné aujourd'hui et tout le monde est content. C'est comme si des mecs défilaient devant vous en criant : « Formidable, nous on gagne des ronds ! » Je trouve ça incroyable de suffisance et d'aplomb. Simpliste comme raisonnement, je vous l'accorde, mais c'est comme ça que je réagis.

– Vous voyez bien, diront les grincheux, ça ne sera jamais plus pareil.

Bravo ! Enfin une bonne remarque !

Accepter de tourner la page !

Savoir tourner la page, c'est une chance extraordinaire, ça empêche de souffrir et de se disperser.

Je me rappelle la fin des tournages, le moment où l'on va se séparer. On a été ensemble pendant un ou deux mois, on a partagé tous les instants, vécu en vase clos. J'ai engrangé au cours de ces tournages de chouettes souvenirs auxquels j'ai consacré un grand chapitre dans un livre précédent [1], mais cela n'a jamais été un obstacle pour passer vite à autre chose. J'ai côtoyé des acteurs immenses, on a beaucoup travaillé, bien ri, le film est réussi et « il va falloir quitter tout cela », pleurent certains... Moi, je charge mes bagages après le dernier plan, je monte dans ma voiture, je dis « au revoir les gars ! » et je pars.

Après une demi-heure ou une heure de voiture, quoi que j'aie pu tourner, quels qu'aient pu être les difficultés, l'intensité de mon engagement, le poids du sujet et du rôle, la qualité de mes partenaires, stars ou débutants, j'ai tout oublié, même ce que j'ai dit. Je m'en souviendrai quand je serai bien vieux, le soir à la chandelle, mais pour l'instant il faut tracer la route, ne pas s'engluer dans la nos-

1. Romy, Michel, Marcello, Harrison et les autres... *Toujours un rêve d'avance* (Ed. Michel Lafon, 2001).

talgie. La nostalgie, je ne connais pas. Ce n'est pas du dédain, encore moins du mépris pour les gens avec qui je viens de travailler, réalisateurs, comédiens, techniciens, intendance et tout le personnel qui gravite autour d'un tournage et d'une production, ce n'est pas non plus pour me détacher d'eux, mais c'est ma façon de remettre le compteur à zéro et de me retrouver disponible pour d'autres aventures. Je me suis toujours entraîné à cela. C'est comme le sommeil : ça se travaille.

Pour ce qui est de mes autres activités, j'ai tourné la première page lorsque j'ai dû arrêter mes études de médecine pour gagner ma vie, sans en faire le leitmotiv d'une frustration récurrente. Après j'ai fait de la radio, j'ai tourné la page ; j'ai fait du cinéma, de la télé, une série, j'ai tourné la page ; j'ai élevé des vaches parce que j'en avais vraiment envie et j'ai tourné cette page au même titre que les autres, sans plus d'états d'âme. Je ne veux surtout pas m'attarder sur une image, le restaurant qu'on a créé à Blesle, l'hôtel, c'est fini et c'est bien. En revanche, je n'ai pas tourné la page de l'Auvergne puisqu'on y va toujours, Françoise et moi, seuls ou en famille. L'attachement pour cette terre est resté le même, mais on n'a gardé que le plaisir. C'est ça l'important.

En somme, je suis le Spaggiari du show-biz et des activités qui ne me conviennent plus. Quand ça ne va plus, je me tire. Et si on me vire, je réagis de la même manière, un peu comme ce cadre supérieur qui m'a confié un jour, après avoir dû claquer la porte de sa boîte : « J'avais vraiment l'impression de me dégager, comme dans un rêve, de plein de bras qui me tenaient, et je me sentais léger comme si je quittais la surface du sol. » J'ai ressenti ça quand j'ai quitté *l'Instit*.

Vous, ce n'est pas pareil, me direz-vous. Votre métier vous convenait très bien, le travail était difficile, les engueulades fréquentes, mais vous étiez content. Vous seriez bien resté dix ans de plus...

Et alors ? Ça revient au même, en ce qui concerne la page à tourner... Puisque c'est inéluctable, puisque vous ne pouvez pas faire autrement, essayez de vous accrocher à cette idée de liberté. Et pensez à ce que vous allez pouvoir faire. Allez-y doucement, par petites étapes, mais obligez-vous à projeter.

Toujours un rêve d'avance

La liberté, c'est d'avoir toujours des projets. J'en ai plein, pour la télé, le cinéma, l'humanitaire, mais je pourrais aussi bien finir pasteur, si ça se trouve... Être curé, c'est un rêve d'enfant, cette idée ne m'a jamais quitté. Évidemment si j'annonçais ça à Françoise, pour le coup elle en tousserait beaucoup plus qu'avec la cigarette. Mais pasteur, pourquoi pas pasteur ? On fait sa route avec sa femme et ses enfants, c'est nettement plus confortable. Si tu réalises un truc comme ça, ne serait-ce que six mois dans ta vie, et que tu meurs après, eh bien au moins tu auras repris un bon chemin et tu auras rendu service alentour.

Ah, évidemment, je vous vois venir... Vous vous dites « Ce type est fou, de quel droit me donne-t-il des conseils ? » Mais je ne vous demande pas de faire curé ! Je vous suggère seulement de rêver à la façon dont vous allez finir votre existence. Laissez remonter vos désirs enfouis, et si l'un de ces projets vous paraît insensé, impossible à mener à bien, laissez-le mûrir quand même, tout doucement, préparez le terrain. On ne sait jamais, vous pourrez peut-être le rende fertile.

En attendant, faites des plans à court terme. Modestes, des trucs avec lesquels vous endormir le soir. Tiens, demain, je vais ranger ma bibliothèque ; enfin lire *À la recherche du temps perdu* ; aller discuter avec mon ami Fred * ; et pourquoi pas, cette année, entamer à pied le pèlerinage de Saint-Jacques-de-Compostelle ?

L'essentiel, c'est d'arrêter de ressasser le passé... et de cesser de le raconter alentour, larme à l'œil, en enjolivant çà et là – parce que vous allez vraiment enjoliver les choses mieux qu'avec Photoshop : c'est le meilleur moyen de passer pour un vieux con. Et sans doute de le devenir.

– Tu as sans doute raison mais c'est au-dessus de mes forces, me dit un ami – pas

* Ou Albert, Moïse, Mouloud, Georges, etc.

remis de sa récente retraite. Je n'ai pas le moral.

Eh bien le voilà, votre premier projet à mettre en chantier : retrouver le moral ! Et croyez-moi, vous n'allez pas vous ennuyer : c'est plus astreignant qu'une préparation aux jeux Olympiques !

Jeudi : mon *jour de repos*

Hier, mercredi, quelle journée ! Aujourd'hui je devrais me reposer puisque « de mon temps » c'était *off*. Enfin, c'était « congé ». On n'utilisait pas les mots anglais dans le langage de tous les jours. On n'avait pas de Game Boy ni d'ordinateur, ni de téléphone portable. Avec nos jambes, on courait. Il faisait froid dehors, on avait chaud. La classe sentait le Crésyl qu'on passait sur le parquet pour assainir et le poêle à charbon passait l'hiver avec nous. Ah, ça date !

Mais bon... il faut quand même que je me remette au boulot. Où en était-on ? Ah oui... Qu'est-ce qui pourrait bien vous mettre de bonne humeur, pour commencer ? LE SOLEIL !! Le reste, ça s'achète... Mais pas forcément. On peut marcher, regarder, déconner. Marcher, c'est facile, regarder, rêver, aussi, mais déconner, il faut pouvoir, il faut savoir, c'est un talent !

C'est la découverte des vrais « découvreurs », comme au lycée, qui peut vous ragaillardir. Rentrer chez soi le sourire aux lèvres en refusant la phrase qu'on vient d'entendre, quel luxe !

Alors, pétanque, pêche à la ligne, voyages en car... ouais, ça fait vieux. Mais ça peut faire rire !

Dans la vie, à tous les âges, le mec marrant reste un mec marrant. Sauf si le ciel lui tombe sur la tête ! Le marrant est à préserver, à fréquenter... fuyez les sérieux. Nous parlons là des classes moyennes, vous et moi, pas les riches avec yacht, ceux-là, on ne les fréquente pas, on les regarde.

Au Père-Lachaise, quand Jean-Paul Barkoff y est passé, on a quand même eu un rire en pensant à lui et à ce qu'il était. Quand j'étais à la radio, Jean-Paul travaillait pour la promotion de chanteurs et il passait « vendre » le disque aux programmateurs. C'était le garçon le plus marrant que j'ai rencontré, d'une vivacité d'esprit incroyable. Il appelait Claude François pour lequel il travaillait « Trepign music », ça faisait rire Claude ! Jean-Paul s'appelait Bardakoff, mais il me disait « Barkoff, c'est mieux, ça fait moins juif ! » Une maladie à la con, le cerveau qui se ramollit, chaise roulante, couches et départ... Inoubliable Jean-Paul.

Bon, j'arrête. Parce que si je vous parle de tous mes amis qui sont morts, vous n'allez peut-être pas éclater de rire toutes les deux lignes !

Gardez le moral : y'a moyen !

Pour la joie et l'enthousiasme, je suis sérieux, lisez *L'humanité disparaîtra, bon débarras*[1], d'Yves Paccalet. Vous m'en direz des nouvelles. Il a raison ! Il a raison ! Arrêtons de glousser d'un débat à un autre ! Agissons, changeons les hommes politiques, achetons-en des tout neufs !

Encore une fois, n'oubliez pas que les vieux de mon âge au pouvoir ont pris les bonnes décisions pour bien pourrir la vie de leurs concitoyens. La nôtre ! Mais, en toute circonstance, ne pas se plaindre. Ne pas geindre. Vous allez vous retrouver tout seul, personne ne supportera vos jérémiades. Les jeunes ont d'autres chats à fouetter : un grand-père, ça

1. Éditions Arthaud, 2006.

doit faire rire, pas pleurer, et surtout pas vous retirer l'espoir. Les super actifs de la quarantaine vous contemplent d'un air navré : vous étiez quand même plus marrant il y a vingt ans. Quant aux « vieux » de votre âge, ils ne veulent pas de ce miroir de leur propre déprime.

Moi, je suis né content. Un peu niais, sans doute, mais content. « Coucou, c'est moi, j'arrive, la Vie ! » Parce que la vie, je l'aime. Et vous aussi, non ? Sinon vous n'auriez pas tellement peur de mourir ! D'accord, ça n'a rien à voir.

Alors, la première mesure à envisager est d'essayer de rester de bonne humeur, de conserver une certaine fraîcheur dans la manière de prendre les événements et de considérer son entourage. Quand on y parvient, ça change déjà pas mal de choses et ça peut constituer un bon rempart contre une forme de résignation basique autour de centres d'intérêt qui n'en sont pas. Manger, boire un canon, taper le carton pour oublier ses malheurs, si la vie du vieux tourne seulement autour de ça, c'est moche.

D'autant que ses malheurs, il va les ressasser quand même. Tout seul, dans le noir, la nuit. C'est la porte ouverte à une dépression latente dont les psychologues disent qu'elle conduit immanquablement à la somatisation, c'est-à-dire à la maladie. En fin de compte, c'est le corps qui trinque. Or, vous arrivez à un âge fragile, alors ce n'est pas le moment de provoquer des catastrophes.

Car être vieux, c'est une chose. Pas grave. Mais être vieux et malade, ça ne va plus. En plus, si vous êtes malade sans avoir le moral, vous ne vous en sortez pas. Encore une bonne raison de se plaindre ! Du temps de mon grand-père, dans l'Aube, le paysan du coin se moquait volontiers du citadin qui se plaignait toujours de maux divers, lesquels attestaient l'importance sociale du gars. Le fermier, lui, n'avait pas le temps d'être malade, et il ne l'était pas. Il avait peut-être la tête près de la casquette, mais son rapport à la terre, à la nature, la nécessité de s'occuper des animaux trois cent soixante-cinq jours par an sans vacances ni RTT laissait peu de place à des états d'âme parasites. À la ville, l'ouvrier n'en avait pas beaucoup non plus. Ça a changé ? Ça dépend... faut voir...

La génétique nous apprend qu'il y a toute une panoplie de maladies potentielles plus ou moins graves, plus ou moins invalidantes, inscrites dès le départ dans notre ADN – la carte mère de notre ordinateur interne –, mais qu'elles ne se déclenchent pas automatiquement. S'il nous reste dix, quinze ou trente ans à vivre, autant ne pas lancer le programme inconsciemment, parce que si la minuterie se met en marche, question confort on est mal barré ; la maladie s'installe, se développe et nous emmène tout droit à la destination finale.

Pour s'en sortir au mieux, la recette est assez simple, il suffit de cultiver un moral d'acier. Ça peut demander un effort car ce travail va à l'encontre de bon nombre d'habitudes acquises, mais en définitive tout passe par la joie de vivre, par notre capacité à être heureux. Il y a plein de gens qui donnent l'impression de n'être pas doués pour le bonheur, pourtant, sauf cas de force majeure et accidents sérieux de la vie, le bonheur est accessible à tous. L'homme a droit au bonheur comme à l'air qu'il respire. Ce n'est pas une option, c'est monté en série et, si on ne le trouve pas, il faut aller le chercher.

À l'heure du bilan, pas de regrets

Déjà, cette idée de bilan sent la faillite. Comme si tout était terminé. « Qu'ai-je fait de ma vie ? » Mais elle n'est pas finie, votre vie ! Vous avez fait quelques erreurs, et alors ? À une de ses patientes qui avait un peu déconné, il faut le dire, entre vingt-cinq et trente-cinq ans et qui lui disait « J'ai perdu dix années de mon existence », son psy a répondu « Vous ne les avez pas perdues, vous les avez vécues. » Vous vous êtes « trompé » de métier, de femmes, d'amis ? À supposer que cela soit vrai, il est trop tard pour le regretter. Arrêtez de penser à ce que vous auriez pu faire si...

Si votre père ne vous avait pas empêché d'être vétérinaire, si mon proviseur ne m'avait pas refusé la bourse qui m'aurait permis de faire médecine, si vous aviez connu plus tôt la petite amie qui vient de vous larguer parce qu'un retraité ça revient près de sa femme et ça n'a plus beaucoup d'alibis pour les câlins externes... STOP ! On peut toujours avoir un rêve d'avance, mais les rêves à retardement, c'est du temps perdu.

Si je jette un coup d'œil dans le rétroviseur, je m'aperçois que la partie la plus active de ma vie aura duré trente-sept ans, entre mes débuts à la radio en 1967, avant mon service militaire, et jusqu'au dernier épisode de *l'Instit*, en 2004. En gros, douze ans de radio, douze ans de cinéma et douze ans de télévision. Trois fois douze ! L'année en plus, la trente-septième, ne compte pas : c'est le passage de la tronçonneuse si je découpe mon existence comme un arbre, ça fait de la sciure.

Le souvenir des douze premières années, celles de la radio, m'enthousiasme. J'avais l'âge où l'on s'apprête à dévorer la vie à pleines dents *. Ces années sont donc synonymes de rigolades, de couchers aux aurores, de grandes

* Elle est con, la phrase...

bouffes et de largesses puisque, avec les copains, je dépensais absolument tous mes revenus.

La deuxième période, à partir de 1978, celle avec Françoise qui rétablit mon équilibre et recadre notre existence autour des valeurs essentielles du couple et de la famille, correspond au changement. Je deviens acteur, je fais du cinéma, je suis sérieux *, je découvre un métier dont tous les aspects m'intéressent.

La télévision va m'ouvrir par la suite un univers différent, moins angoissant pour le comédien, parce qu'on tourne plus vite qu'au cinéma, ce qui implique un travail plus dense pour apprendre et jouer chaque scène. Au cinéma, il arrive que, pour une minute mise en boîte, on passe une journée ou plus, question de météo, de lumière ou d'autres trucs liés à l'image quand ce n'est pas aux comédiens, mais tous aussi contraignants. D'un autre côté, j'aime ça... À la télévision, on n'a ni le temps ni le budget autorisant un tel luxe.

---

* Presque.

Quand la journée est finie, c'est-à-dire que tu n'as plus de scènes à tourner, tu te démaquilles, tu enlèves tes fringues, et tu regardes si tu as des messages sur ton portable. Merde ! Y'en a neuf ! J'appelais Françoise en priorité avant de passer les autres coups de fil, ensuite je commençais à attendre le lendemain parce que j'étais incapable de faire autre chose. Sur un tournage, je ne pense qu'au travail, c'est obsessionnel. Je peux aller me balader, marcher en ville, mais au bout d'un moment j'éprouve le besoin de rentrer. Je ne suis pas là pour glander ou faire du tourisme. Je n'ai pas l'esprit à ça. Tourner, ça inquiète. Mais c'est chouette * !

Ne garder que les bons souvenirs

Quand ils commencent à se sentir « vieux », même s'ils ont à peine soixante balais, il y a tout un tas de mecs qui se mettent à radoter, à raconter à chaque occasion

* C'est pour la rime.

comment ils ont lutté contre l'adversité, tous les pépins qu'ils ont dû endurer. À croire qu'ils n'ont existé que dans les difficultés et les sales moments de leur parcours terrestre. En tout cas, ça ennuie tout le monde et ça pourrit la vie. Les mauvais souvenirs, c'est du poison. Ça génère la colère, la rancune, le négatif. À bannir !

Les bons souvenirs, en revanche, c'est comme un grand verre d'eau fraîche le matin en te levant. Tu te souviens, tu te sens bien, ton organisme est content. Je suis sûr que s'il pouvait parler il dirait « Merci ! » Ça a l'air d'être une bêtise, mais on peut tout relier au corps et d'abord la pensée, qui possède une influence sur lui.

Je suis un incorrigible accro des bons souvenirs, d'ailleurs je n'ai que ça en magasin ; ceux marrants de la radio ; ceux inattendus des films, les rencontres, les rigolades, et puis le jour du dernier plan, quand après une ou deux prises le réalisateur ou l'assistant lance à la cantonade comme on le fait pour tous les comédiens : « C'était le dernier plan de Gérard ! » Alors toute l'équipe applaudit, c'est vachement mignon. Le dernier plan du premier épisode de *l'Instit* qui m'a sorti des difficultés dans lesquelles une année sans travail nous avait plongés ; celui des quarante-cinq autres épisodes...

Dans le même esprit, j'ai oublié toutes les contrariétés que m'a values mon expérience d'agriculteur. Je me rappelle seulement l'arrivée du premier camion de vaches à la ferme. Des Salers que j'avais achetées, même si je m'étais fait fourguer des bêtes en mauvais état, le hayon du camion qui s'ouvre et « mes » bêtes qui descendent. Et tous ces moments que je passais, assis dans le pré, au milieu du troupeau.

Vous avez dit « bilan » ? Eh bien le voilà : j'avais envie d'élever des vaches, je l'ai fait et, dans ma tête, mon disque dur n'a retenu que les bons souvenirs.

Un bon souvenir, ce n'est pas fatalement une grosse partie de rigolade avec des potes, ou le jour où tu as reçu la Légion d'honneur, c'est plus subtil, un ressenti, une sorte de jouissance farceuse, comme quand je me suis échappé d'Europe 1, qui me refusait obstinément un contrat. Je me suis retrouvé en avion au-dessus de l'Atlantique avec l'impossibilité de revenir sur ma décision : le Boeing ne risquait pas de faire demi-tour pour les états d'âme d'un passager lambda. Une sensation pour moi inégalable : celle d'avoir choisi la liberté, forcé le destin, quitte à avoir des « casseroles » pour un bon bout de temps !

Un fabuleux souvenir tient une place à part dans ma mémoire : c'est le jour où j'ai retrouvé Françoise, cette fille que j'avais croisée à deux reprises en six ans et qui s'avançait vers moi à contre-jour, le dimanche de la brocante au Moulin de l'Étoile. Je me souviens exactement de la couleur du gravier, du bruit que faisaient ses chaussures à chacun de ses pas, de la direction d'où elle arrivait, de ce que j'avais dans le regard, de l'odeur de la terre humide. Il faisait soleil et frais à la fois. C'est fort, c'est précis, c'est inoubliable.

Les bons souvenirs, ça ravive l'énergie, adoucit les traits. Les mauvais, ça rend coriace. Si on mangeait les vieux, on verrait que les vieux à bons souvenirs font de la bonne viande, les autres sont immangeables, et, pour l'entourage, deviennent vite « imbuvables » !

Ne pas cultiver l'idée de « perte »

Vous ne pouvez plus descendre la piste noire à ski, rouler à moto à des vitesses prohibées, sauter par-dessus le mur... C'est agaçant. Mais pas trop. D'ailleurs en auriez-vous encore vraiment envie ? Si ça se trouve, pas tant que ça. Mais c'est l'idée d'avoir « perdu » ces capacités qui vous exaspère. L'idée de décrépitude, de déclin, de renoncement.

Or, il s'agit seulement d'évolution. Allez ! Rangez dans les bons souvenirs les galipettes dans la voiture (vous avez trop mal au dos pour vous risquer à ces acrobaties), le 200 chrono sur la route (il fallait quand même être très con), les folies de l'âge tendre et allez retrouver le bon bouquin qui vous attend au coin du feu. Oubliez les « qu'est-ce qu'on était beaux, qu'est-ce qu'on était fous, qu'est-ce qu'on était bien » de Serge Lama, et retrouvez-vous, peut-être un peu seul, mais drôlement « peinard », comme chantait Léo Ferré.

Fataliste optimiste

Il est dommage et passablement stupide de considérer cette partie de l'existence seulement comme la dernière ligne droite, au lieu de l'envisager comme une étape à part entière qui va nous emmener vers le dernier pont, certes, mais qui nous permet aussi de nous consacrer à ce qu'on n'a pas pu faire avant faute de temps. Il n'y a ni tristesse ni renoncement dans ce constat, il y a une nouvelle tranche de vie. Et une tranche qui peut durer trente ans. Alors, la considérer comme l'antichambre de la mort, c'est quand même une erreur de surface corrigée ! Non, ce n'est pas une antichambre, mais une grande pièce à vivre et à vivre bien. Autrement, sans doute, mais en se rendant compte qu'on est très important, même si l'on essaie un peu de nous faire croire le contraire, et qu'il est encore plus important de s'offrir du bonheur.

Certes, avec les rhumatismes d'un côté, les soucis matériels ou de famille de l'autre – si ce n'est les deux combinés – et devant le journal de 20 heures pour couronner le tout, voir la vie en rose peut demander un effort.

C'est vrai. Et alors ? Que pouvez-vous vraiment y faire, là, dans l'immédiat ? Qu'est-ce que ça va changer, de vous lamenter, sinon vous pourrir la soirée ? Jeunes, vieux ou milieux de terrain, du début à la fin, il faut prendre la vie avec les avantages et les inconvénients. Ce n'est pas une option, c'est irréversible et non négociable. Les avantages, il faut les apprécier ; les inconvénients, il faut patiemment les contourner, un à un. Retourner la situation.

Je ne parle pas des grands drames de l'existence, bien entendu, mais de tous les petits tracas qui empoisonnent vos journées. Ainsi, selon ta nature, tu vas dire : « Ah, quel bordel ce matin, c'est infernal... J'ai mis une heure là où je mets un quart d'heure d'ordinaire », et tu vas passer tes nerfs sur la secrétaire ou sur les autres mecs qui sont dans la même situation que toi, pour peu que tu aies une once de pouvoir. Mais si tu portes un autre regard sur l'existence, tu vas dire : « Bon, d'accord, il y a des embouteillages ce matin, mais ils sont pour tout le monde. J'ai mis une heure, mais c'était chouette. Il y avait une fille vachement bien dans la bagnole à côté, et un mec sympa dans la file de gauche, on a discuté un peu, et puis j'ai écouté du bon jazz à la radio, l'animateur était génial, j'ai appris des trucs sur Thelonious Monk que j'ignorais totalement... »

Je n'ai pas de leçon à donner à quiconque, mais je tiens à rappeler simplement – à répéter même – que nous sommes vivants. La vie nous quittera un jour, on le sait, même si on s'efforce de penser à autre chose. Mais aujourd'hui, on est là. Alors gros ou maigre, riche ou moins riche, vieux ou moins vieux, on s'en fout. Il s'agit de repérer le bon côté des choses : « Tiens, ce matin, le ciel est assez joli, il est gris et blanc avec des traits plus foncés, ça donne une couleur assez rare. On dirait la mer par gros temps. » Au lieu de se lever en maugréant : « Putain ! Il fait un temps de merde, je déteste l'hiver, ça me fait chier ! »

De toute façon, quelle que soit la situation traversée dans la journée, vous la *vivez*, ne l'oubliez jamais. Un jour qu'on tournait ensemble, Annie Cordy m'a dit : « Je suis une fataliste optimiste. » J'ai retenu la formule.

Se resituer par rapport au cosmos *

La Terre est à la mode. Je veux dire la planète dont on parle beaucoup comme d'une grande malade depuis une décennie. C'est bien de prendre conscience qu'elle est vivante au même titre que notre propre corps et qu'en conséquence, elle aussi peut être malade plus ou moins gravement à cause de nous. Encore faut-il replacer tout ça dans son contexte, c'est-à-dire l'Univers où notre bonne vieille planète, un peu patraque, ne représente qu'un grain de poussière. Ça relativise un peu les choses. En attendant, notre coin d'Univers est là, à notre portée terrienne, et il peut nous rendre de grands services.

À force de jouer à l'homme pressé, d'avoir le nez sur le guidon et de cultiver son ego, on finit par se couper de ses racines. Peut-être faudrait-il se dire qu'on a les pieds sur terre et la tête dans les étoiles, un point d'ancrage et des antennes pour ressentir tout le reste. Mais le point d'ancrage, c'est le plancher des

* N'ayez pas peur !

vaches, la nature et tout ce qu'elle peut nous apporter.

Plus on est en contact avec la nature, plus on se rend compte qu'il existe une relation entre l'homme et la Terre, que cette dernière est un organisme vivant qui réagit à nos actes comme à nos pensées, puisque celles-ci représentent une énergie. Six milliards d'émetteurs, ce n'est pas anodin. Pour le « vieux » qui a le temps et un peu de recul, c'est le moment ou jamais d'avoir des pensées positives et de remiser morosité et jérémiades, sous peine de faire des trous dans la coque du navire qui nous transporte tous.

Ce ne sont pas les énergies qui manquent dans le cosmos. On nous a appris à l'école que les marées étaient dues à l'action conjuguée du Soleil et de la Lune – un petit exemple des forces qui régissent la vie des planètes –, tandis que le tellurisme s'exerçait sous nos pieds. L'influence de la Terre sur les êtres vivants et le comportement social se fait sentir sur toute la surface du globe. Alors, pourquoi faire comme si nous n'avions rien à voir avec tout ça ? Nous ne sommes pas des touristes.

Ce ne sont pas les années qui comptent,

mais la qualité de la relation que nous entretenons avec notre milieu et la planète où nous sommes nés. La durée de notre vie n'est pas significative en regard de l'immensité du cosmos. Elle est presque inexistante, à peine une tête d'épingle posée sur un continent. Et pourtant elle est d'une réelle importance. Tout compte dans l'Univers, jusqu'au moindre insecte. Se resituer par rapport au cosmos, c'est à la fois retrouver la modestie – le sens de la mesure : mesurer nos petits soucis à l'aune de l'Univers – et la conscience d'être un élément qui compte dans cette immensité. Vous n'imaginez pas comme ça fait du bien.

Les chemins, les arbres et les animaux

La « dernière ligne droite », je dirais volontiers les derniers lacets, est une période propice à cette prise de conscience. Ce n'est plus le temps des accélérations, de la course à l'objectif, à la carrière, aux enjeux divers, c'est le temps de musarder. Je cherche à prendre mon temps plutôt qu'à acquérir suffisamment de vitesse pour décoller. Je suis sur un petit chemin agréable qui monte et qui descend, vire, revient à plat avant de regrimper et de s'ouvrir au fur et à mesure sur des panoramas qui m'enchantent. C'est comme nos promenades dans les monts du Cézallier, en Auvergne, où ça monte beaucoup avant d'arriver sur un plateau et où tu es récompensé de tes efforts par une vue magnifique. Les dernières années de la vie, j'ai envie de les parcourir doucement, en regardant le paysage, en me sentant bien entre ciel et terre, dans cette plénitude qui fait partie de mon identité.

Par rapport au rythme de vie que vous menez peut-être encore aujourd'hui, essayer de lever le pied pour adopter une vitesse de croisière plus calme, ça va faire drôle. La lenteur dans le silence, en quelque sorte. Pourtant, avec Françoise, nous avons besoin de ce contact avec la nature. Que ce soit en Auvergne, au Népal ou n'importe où ailleurs puisque nous avons la chance de voyager dans le monde entier, c'est la même émotion. Les gens que l'on croise ne sont pas les mêmes, il y a le dépaysement, l'exotisme, mais c'est la beauté universelle qu'on reçoit en héritage.

J'ai besoin de nature comme j'ai besoin de respirer. La nature me soigne l'âme et le corps. J'aime les arbres et j'éprouve de la peine quand ils meurent.

*
* *

En bas de chez nous, on avait un énorme noyer. Un matin, il est tombé. La voisine d'en face nous a téléphoné pour nous dire : « Vous avez vu votre noyer, il est tombé ! » Ça avait l'air de la réjouir... Nous sommes descendus. Nous étions tristes comme si nous venions de perdre un ami, quelqu'un de proche. Nous avions mangé à son ombre avec Michel Piccoli et Luciano Tovoli. J'avais bricolé une table avec des planches pour déjeuner, ça les avait fait rire. Ce noyer avait le souvenir de nos instants, de nos discussions, de nos joies. J'y avais mis la balançoire des filles quand elles étaient devenues trop grandes pour le petit pommier. L'arbre n'est plus, mais j'ai gardé la vieille planche en chêne de la balançoire.

Cet arbre était un ami. Il avait bien vécu avec nous, alors je lui ai expliqué ce que j'allais faire de lui : « Écoute, tu es mort, il faut que je te découpe. Je vais brûler des bouts de bois, mais je vais garder plein de trucs qui me serviront plus tard. » Donc je me suis acheté une scie à main, neuve parce que les vieilles étaient émoussées, et j'ai coupé pratiquement toutes ses branches à la main. J'ai mis une journée et demie à faire ce travail. Je coupais des branches plus grosses que mon bras. Je les ai mises en tas. J'ai gardé du bois, j'en ai brûlé. Je ne voulais pas qu'il y ait de bruit. Je voulais que cet arbre ait des obsèques dignes de lui. Je voulais vraiment rester avec lui dans le silence, parce que le bruit ça casse l'intimité. Je suis resté comme ça toute une longue journée et le lendemain j'ai continué.

Après, je suis allé chez un gars, à côté de chez moi, qui vend des tronçonneuses ; je lui ai demandé s'il n'en avait pas une à me prêter avec une lame de quatre-vingts centimètres, car le tronc du noyer était énorme et la mienne n'était pas assez grande pour faire le travail. Malgré cela, il m'est resté quatre morceaux plus lourds que moi, difficiles à bouger, que je changeais pourtant régulièrement de place. Je les ai posés à l'extérieur de la maison, le long d'un mur, sur un passage que j'emprunte toujours pour aller chercher le bois de la cheminée, et je les regardais à chaque fois.

Pendant plusieurs années après la mort de cet arbre, je me suis dit qu'un jour je ferais une sculpture avec l'un des blocs. Je ne chercherais pas à créer quoi que ce soit, je ferais juste sortir cette sculpture du cœur de l'arbre. J'ai posé à cet effet une des fourches de l'arbre, de la taille d'un être humain, qui ressemble vraiment à deux cuisses, comme si on avait coupé quelqu'un au nombril et au-dessus du genou. Depuis dix ans je passais à côté, je la regardais, je la retournais, je la mettais à l'envers, je la posais – je l'ai laissée sécher pendant tout ce temps – et je lui parlais : « Ne t'inquiète pas... »

À l'été 2007, j'avais voulu rester seul pour profiter de la maison, et puis c'était la fin pour mon chien René. Je m'étais dit qu'on serait bien tous les deux et, effectivement, je l'ai aidé à partir cet été-là.

Un jour, j'ai attaqué la grosse fourche du noyer. Je me suis dit « C'est le moment ! » Je l'ai prise, je me suis fait un établi à l'extérieur pour être bien, avec des madriers, des bouts de bois, des tréteaux. J'ai réfléchi à la meilleure façon de m'y prendre. Pour ne pas déranger les voisins, j'ai utilisé une tronçonneuse électrique, moins bruyante, et j'ai attaqué ma fourche qui est devenue ce qu'elle devait être : une « envie contrariée ». Elle a des formes devant, sur les côtés. Sous tous les angles, on voit quelque chose, et quand on la fait tourner comme une sculpture – moi je n'ai fait que donner des formes –, on découvre toujours du nouveau.

Comme à mes yeux cette fourche avait un avant et un arrière, je disais qu'elle avait un ventre et un cul, un ventre que j'ai sorti du bois, et un sexe de femme que j'ai poli, qui est d'une douceur extrême. Les gens n'osent pas trop y toucher mais quand ils se décident à glisser un doigt sur cette fente, ils lui trouvent un velouté extraordinaire.

Je lui ai fabriqué un socle pour la poser à hauteur du regard. Je l'ai mise de telle sorte qu'elle se trouve inclinée sous un angle positif vers l'avant, ce qui la rend non pas soumise mais au contraire légèrement provocatrice. À l'arrière, comme je n'avais pas la matière pour les fesses – c'était une fourche d'arbre – je l'ai travaillée de manière à ce qu'elle ressemble à une autre envie contrariée, cette fois parce qu'elle n'a pas les formes qu'elle souhaitait. Elle n'a pas un beau cul, mais elle a un très beau dos, des dorsaux creusés, des fossettes au-dessus des fesses ; et la fesse que je n'ai pas pu faire en positif, je l'ai faite à l'intérieur du bois. Elle existe en creux parce que la courbe et le volume sont là, immatériels puisque dans le regard de celui qui va à sa rencontre.

J'ai commencé à déménager les autres morceaux de bois. Ils sont lourds. Je vais continuer, mais je ne suis pas du tout pressé. Si je les finis, c'est bien, sinon ce n'est pas grave. Avant de mourir je dirai à mes petits-enfants – mes filles le savent parfaitement et en sont d'accord – que ces bouts de bois là ont une âme, une présence. Ils viennent de *leur* arbre, ils ont un contenu et ils ne sont pas destinés à être brûlés. Si tu le fais, tu passes à côté. Mélie le sait, Ninon le sait, personne, dans la maison, ne se moque de personne à cause de ces bois.

Cet arbre, je l'ai toujours dans la tête. Il revient, il s'en va, il repasse, je le vois vivant, je me vois dessous. Dès que je vais derrière, dans l'herbe, je descends, il est là. Il n'est plus là, mais je le vois. Et de lui avoir sorti mon envie contrariée m'a rendu heureux. Ce n'est pas une satisfaction égoïste, c'est la douce certitude, je pense, de lui avoir fait plaisir.

*
* *

Le jour où mon chien est mort, le jour où j'ai fait piquer mon vieux René, j'étais vraiment triste. Je cherchais à transformer cette peine en quelque chose de positif. Dans mon atelier d'été, sous un auvent à l'air frais, il y avait un bout de racine dans un énorme coffre en planches que j'ai fait il y a quelques années – c'est toujours un peu démesuré ce que je fabrique –, une de ces vieilles racines que je ne m'étais pas décidé à brûler. En la prenant machinalement, j'y ai vu un baleineau comme on en trouve dans la baie de Tadoussac, au Québec, à l'estuaire du Saint-Laurent. La racine avait la forme d'un petit rorqual, un animal de là-bas, de ce pays d'où venait René... J'étais tellement triste que j'ai vu là un signe de mon chien. Alors, j'ai nettoyé la racine et depuis ce jour elle est là, posée dans le salon. Le dernier signe de René. René était un chien exceptionnel, peut-être aussi parce que nous communiquions ensemble d'une manière exceptionnelle.

La nature, les arbres et les animaux aident à vivre, j'en suis sûr. Le rapport avec notre connexion au cosmos ? Il commence là. Dans cette découverte de la relativité des choses. Ne pas se prendre pour le centre du monde permet de relativiser nos ennuis – et même notre mort – de façon positive. Oui, positive ! Cela nous évite de faire un drame de tous nos tracas et même de nos grandes douleurs. Et cela nous permet, si ces grandes douleurs nous sont épargnées, de savourer les bonheurs immenses et gratuits que réservent aux grands naïfs dont je fais partie le moindre gazouillis de ruisseau, le moindre chant d'oiseau, et jusqu'aux couchers de soleil pourpres qu'on peut voir dans le désert ou... simplement sur certaines plages de Normandie.

Et surtout, rester gai !

La vie n'est pas un paradis. Vous pouvez avoir mille raisons d'y verser des larmes et vous n'avez pas à vous en priver. J'envie les gens qui pleurent : ils noient le malheur. Mais pleurer les drames de l'existence ne doit pas empêcher d'être gai. La gaieté, c'est le sourire de l'existence à portée du quotidien. Les grandes joies n'arrivent pas sur commande, et sont rares. La gaieté espiègle s'impose à la moindre occasion. Un gamin qui vous fait un pied de nez, une friandise offerte, une situation cocasse, une connerie que vous assumez, une colère ridicule chez quelqu'un qui pète les plombs, et vos propres extravagances.

Ou rien.

Car la gaieté, c'est aussi une politesse vis-à-vis de la vie, et des autres. Pourquoi arriver dans un lieu l'air renfrogné, sous prétexte que vous avez des soucis ? À ce train-là, tout le monde ferait la gueule à tout le monde ! Vous venez à un rendez-vous, il y a là une hôtesse, des secrétaires, des employés divers : un sourire, une plaisanterie, ça fait du bien, aux autres comme à vous-même.

Et pour votre moral, c'est une fabuleuse gymnastique. C'est une façon récurrente de chasser les idées noires. Pour un temps, sans doute, mais c'est toujours ça de gagné. C'est comme si, entre deux séries d'exercices physiques de champion, vous sautilliez pour relaxer vos muscles : ça vous détend, et vous remet en forme pour recommencer à lutter.

La Grande Catherine, impératrice de toutes les Russies, dont la vie n'était pas rose tous les jours, disait à sa suivante : « Il faut être gaie, mademoiselle. C'est la seule chose qui fait qu'on surmonte tout. »

Alors, soyez gai, ça assaisonne la vie.

Et alentour, on vous en saura gré.

RIEZ !

Riez, rigolez, marrez-vous. Dites des conneries, écoutez-en. Restez naïf. La naïveté, selon le Robert, est « une grâce naturelle empreinte de confiance et de sincérité ». Le meilleur chemin de l'espoir. La naïveté c'est du bien-être !

Vendredi. Week-end !

Vendredi catholique, c'est le jour du poisson.

Vendredi musulman, la grande prière.

Vendredi juif, shabbat.

Vendredi tout court, « week-end » ! Priorité ! Quand on ne prie pas, on glande ! Et arrêtons de nous prendre la tête avec le « congé de fin de semaine » opposé au « week-end ». C'est bon ! Tout le monde parle anglais. Non ? Vous devriez, c'est facile et marrant. Voilà une activité pour vieux : apprendre une langue... Si le vieux ne fait que glander, il risque de s'emmerder. S'emmerder seul, c'est jouable, à deux c'est l'engueulade !

On n'a pas le droit de s'ennuyer quand on est dans le dernier morceau de camembert de la vie... La différence entre le camembert et nous, c'est que le camembert passe sa vie dans une boîte en sapin ; nous, la vie, c'est dans le sapin qu'on la quitte.

J'ai rêvé... Donc, aujourd'hui vendredi, la lune se calme un peu, moi aussi, mon père ne se manifeste pas... Pourtant, il m'a sorti du lit à 3 heures du matin. Je suis descendu dans la cuisine pour regarder cette photo, celle de mon rêve, quand on allait à la pêche, l'eau sentait bon, les roseaux aussi. Sans la pêche, l'eau ça sent rien. On était dans la même barque en bois longue comme deux hommes allongés, ma sœur et moi, et mon père à l'arrière nous faisait avancer à la godille. Mais on ne bougeait pas alors qu'on avait l'impression d'aller vers ma mère, assise sur la rive sous les peupliers. Les peupliers, ça sent aussi. Et ça glisse dans le vent, à moins que ce soit le vent qui glisse dedans. En tout cas, ça s'entend... « Ffffffsssss »...

Et je me suis réveillé, et je me suis levé, et j'ai bu un café ! Fin du rêve, début de journée. Tôt !

Le vieux doit quitter les habitudes de l'emploi du temps. Déjà, l'imbécile qui a inventé l'expression « emploi du temps »... C'est nul ! C'est comme si on disait « emploi de l'amour ». Le temps n'existe pas, on ne va pas le domestiquer. Pauvre idiot ! Ça commence à l'école. Ah, l'école ! Qu'est-ce que je m'y suis emmerdé ! Eh oui ! Plus tard, je me suis vengé. Ah ! ah ! ah !

D'accord, quand le soir votre petit-fils de sept ans se glisse dans le lit entre grand-père et grand-mère et commence à vous lire *Le Château hanté* dans « J'aime lire n° 185 », là, vous dites « Merci l'école ! »

Et je dis aussi, sincèrement, « Merci l'école ! »

Alors, on en est où du mode d'emploi des dernières années de la vie, de notre vie ?

Y'a encore des morts ? On commence avec des milliers de lecteurs (autre rêve !) et on en perd en route ! Vous allez voir aussi qu'avec le temps, les arbres tombent et la forêt s'éclaircit. Entre le « Vous ne les faites pas » quand vous annoncez votre âge et le « Ah ! merde... » quand vous quittez la table, ça va vite.

C'est pour ça qu'il faut en profiter. On n'est plus à l'école mais on a plein de nouveaux jouets. Je ne parle pas de ceux de Noël mais de ceux de la vie d'aujourd'hui avec les accessoires : portables, Mac, DVD, Blu-ray, écran plasma. Quel pied ! Il y a des tas de vieux qui sont pris de frénésie pour ces objets du progrès qui les tirent vers l'avenir.

Ils n'ont pas tort. Mais il n'y a pas que les objets, dans la vie. Quelques êtres humains chers autour de soi, ça peut aider...

Profitez de vos proches !

Attention, c'est plus pareil : le guerrier reste à la maison. À plein temps avec une femme qui vient de passer trente ou quarante ans à côté de lui... mais pas à plein temps !

Et puis, les enfants sont partis, les enfants sont grands... Tristesse, vide. Une séparation pire qu'un divorce : on vit vingt ans avec des petites filles, et ce ne sont plus des petites filles. Ça commence par des « Mais papa, on n'a plus dix ans », et puis ça continue... « J'ai seize ans, papa, faut que tu t'en rendes compte. » Le papa est bien conscient de l'âge, du tien et du sien, mais c'est plus fort que lui ! Agaçant, le vieux jeune peut l'être souvent ! Agacée, la petite grande fille lui rit au nez ! « Mais pâpâââ... on n'habite plus à la maison ! Ah ! là, là... »

La maison en a pris un coup au moral, elle s'est brusquement agrandie, emplie de vide...

Pendant des mois de tournage, des années plutôt, tous les jours ces images des filles, nos filles, et de leur maman, ensemble, m'ont habité pour mon plus grand bien. Et puis, lorsque mon irrépressible envie de ne faire que ce dont j'avais envie m'a repris, les filles étaient déjà parties... pas loin, mais plus là. Pas facile le retour à la vraie vie !

Je parle d'un cas particulier, le mien. Mais puisque c'est moi qui fais ce bouquin et vous qui le lisez, autant que ça reste entre nous ! Vous, vous êtes peut-être un vieux (ou une vieille) célibataire, pas d'enfants, libre, vive et fofolle... Non, non ! je ne me moque pas, je déconne ! Quand je dis vive et fofolle, je vois une désinvolte sexagénaire sur son vélo (le plus beau vélo du monde, il a trente ans !) qui pédale, le vent dans le nez (vachement dur !) pour aller faire ses courses BIO, avec une musique de Led Zeppelin dans la tête. De « vive et fofolle », je ne garde que « vive » sinon je vais avoir des réflexions, vu que je vous parlais de ma femme !

Se retrouver à deux : pas si simple

Chanceux celui qui n'est pas seul. Ouais, si on veut ! En parlant des filles, nos filles, je disais « agacées »... Le papa les « agaçait ». Maintenant le papa agace sa femme. La femelle est souvent agacée par le mâle. Le lion, par exemple, agace la lionne... On le voit bien : il vient près d'elle, derrière elle, il la renifle, elle fait « pfffff » ou « rrrrrr », ça l'énerve, ça la saoule. Du coup, lui, il fait le mec « cool », il se couche et regarde ailleurs en sifflotant (dans sa tête). Putain ! Ça, c'est pire pour elle. Qu'il est con, mais qu'il est con ! qu'elle se dit (dans sa tête). Alors, lui, il sifflote en regardant vers la caméra * (pas si con, le lion) et là, il la saute, la lionne. Ah tiens, ça l'agace plus, maman !

Nous, on fait pareil sauf qu'on ne renifle pas au début. Pensez au lion quand vous sentez que la femme est agacée, et regardez la caméra.

Je rigole, mais ce n'est pas si simple d'avoir été amoureux de quelqu'un, avoir bien vécu

* Les ébats du lion sont souvent filmés.

cette *liaison* parce qu'on n'était pas ensemble tous les jours, et se retrouver collés vingt-quatre heures sur vingt-quatre. Et pourtant c'est possible... On se transforme.

Bien sûr, encore une fois, les chanceux qui ont des enfants peuvent s'appuyer sur eux, sur l'envie secrète des plus jeunes de voir les plus vieux ensemble. Ça vaut le coup de s'appliquer, ressentir et réfléchir. Pour eux... Mais aussi pour vous deux ! Même si vous vous agacez, même si vous n'êtes pas d'accord – au moins avez-vous le temps d'en discuter. Et puis, il ne faut pas se fier aux apparences...

Quand j'étais petit, je voyais souvent mon grand-père et ma grand-mère s'engueuler sans jamais prendre leurs disputes au sérieux, ça me faisait rire ! Ils s'aimaient tellement... Lui était dingue de Mélie. C'est peut-être pour elle qu'il s'est retenu de mourir en 14... Sur un tas de cadavres, un soir, du côté de Verdun, mon Fernand avait été posé par les brancardiers... laissé là pour mort... Et puis, au matin, un jeune chirurgien fait le tour et repère mon grand-père, troué par plusieurs éclats de ferraille, inondé de sang, moussant du rose de la bouche, le poumon ça fait mousser. Ce jeune toubib a tenté un coup de la dernière chance et Fernand a survécu. Il avait Mélie partout dans son corps.

Vieillir ensemble au corps-à-corps...

Très longtemps après, Fernand est mort, j'ai descendu son cercueil avec les gars. Dans l'escalier, on l'a mis debout ; pour passer, Fernand s'est tassé... Six mois après, ma grand-mère est partie, elle s'est laissée glisser. Même à l'hôpital, ils n'ont pas pu la retenir. Et moi, je n'étais pas là... Je me console en me disant que c'est Fernand qu'elle voulait rejoindre si vite.

Tout ça pour vous dire de ne pas trop énerver votre lionne parce qu'un vieux lion seul, c'est triste.

LA MAÎTRESSE

Ah ! Ah ! Vous y avez pensé, vous aussi ! Pas simple... dangereux... mais tentant. Totalement interdit, *streng verboten*. Ça veut dire que c'est rigoureusement interdit et même plus encore ! Sérieusement, à moins d'être une très grosse vedette du cinéma ou de la chanson, ça ne vaut pas le coup. La chemise ouverte sur un vieux cou de poulet qui pendouille ça fait crade et pauvre. Et vous vous croyez jeune ?

Je vous parle ici des détails, l'essentiel n'est pas là : la ménopause, vous en avez entendu parler ? Ah ! Ah ! À l'époque des trains à vapeur, au début, il y avait un gars qui jetait des pelletées de charbon dans le foyer rouge et brûlant comme le cul du diable *. Ce cheminot avait chaud, très chaud, très très très chaud. La ménopause, c'est pareil sans la loco.

Vous avez déjà vécu ces moments terribles avec votre vieille ** épouse, vous aviez tous les deux la cinquantaine. Tous les deux... Maintenant, à soixante ans, vous sautez le pas *** et vous allez vivre avec une jeunette de trente ans... Ce qui veut dire qu'à quatre-vingts ans vous allez subir une deuxième ménopause et ses bouffées de chaleur !

Vous faites comme vous voulez, mais n'oubliez pas les locomotives à vapeur...

---

* Prouvez-moi que ce n'est pas vrai !

** C'est pas méchant !

*** Et pas que le pas.

Et puis il y a les petits-enfants !

Les petits-enfants, c'est déjà un moyen de revoir vos enfants. On n'a pas coupé les ponts, quand même ! On n'est pas partis s'installer définitivement en Auvergne, avec Françoise, pour rester plus près des filles, qui vivent à Paris. Pas pour les envahir, les harceler, « on se voit quand ? », mais pour rester disponibles.

Et pour garder les petits. Et chaque fois qu'on nous le demande ! Le temps passe vite ? Raison de plus pour ne pas rater les minutes, les secondes passées avec les petits-enfants, si vous en avez. Vous aviez autre chose de prévu ? Tant pis. « Quand c'est le moment, c'est le moment. » Ça vous fait rire ? Répétez la phrase... C'est mon bon Georges qui m'a dit ça un jour, il a raison. On rate des trucs parce qu'on ne se rend pas compte que c'est maintenant, tout de suite ! Quand c'est le moment, c'est le moment ! Merci Georgio !

Enlevez de votre vocabulaire : « Attends ! » C'est râpé, tu n'as plus le temps de dire « attends », vas-y, *just do it* !

Mais le vieux (ou la vieille) ne peut pas toujours. Je ne sais pas si vous avez remarqué, mais il y a des tas de vieux qui sont débordés ! C'est quand même marrant ! Ils ne savent pas quoi faire et ils sont débordés.

Autre cas de figure, le vieux (ou la vieille) déprime... Je fais une parenthèse ; autant il est facile et joyeux de dire « le vieux », autant je suis gêné de dire « la vieille ». Alors maintenant, j'écrirai « ma femme ». Non ! Je rigole ! Autrefois, je disais « la mère » en parlant d'elle. Je trouvais ça rond comme un ventre avec un enfant dedans... Mais ça ne convenait pas, les amis trouvaient ça « pas gentil ». Des fois on a des amis un peu bêtes... par moments.

En tout cas quand le vieux déprime, c'est mauvais ! Faut motiver le vieux ! Impossible avec un vieux con... C'est quoi, un vieux con ? Un gars qui est vieux depuis qu'il est jeune, et le reste à l'avenant... ça ne s'arrange jamais.

Et il faut vraiment être un vieil abruti pour ne pas comprendre que les petits-enfants vous font retrouver la fraîcheur des jeunes années, le sentiment d'être utile et le rire. Surtout le rire !

Pour le rire, notez, il y a aussi les amis...

Les amis ou les copains ?

Les deux, c'est à vous de voir. Moi je préfère les copains. On nous fait un tel plat de l'amitié ! La fidélité, la continuité, l'assiduité, à bas la trahison, à la vie à la mort. Des contraintes en veux-tu en voilà. Mais les gens changent, au cours d'une vie ! Vous aviez un ami, vous pouvez avoir pris des routes si différentes qu'elles ne se croisent plus. Est-ce trahir que de s'éloigner naturellement ? Non, décidément, je préfère les bons copains. Les complices de moments heureux, des potes avec qui l'on a vécu une tranche d'existence, des gens dont on n'a rien exigé et qui n'exigent rien de vous, et qu'on retrouve de temps à autre, sans chichis, comme si on s'était séparés la veille. Ça n'empêche pas de se donner un coup de main quand il faut, mais ce n'est pas un contrat : c'est la liberté, donc la sincérité totale.

Les nouvelles « connaissances » : pourquoi pas ?

Vous pouvez élargir le cercle. Personne ne vous demande d'en rester à vos relations actuelles. Il existe d'autres aînés – pas fatalement au banquet des « anciens » de la mairie – qui peuvent être ravis de vous rencontrer, de comparer leur point de vue au vôtre, de vous entraîner dans leurs nouveaux hobbies, ou dans des projets de plus d'envergure. À condition que vous arrêtiez de dire que vous n'aimez pas les vieux ! Vous ne vous aimez donc pas vous-même ?

Parce que, si vous vous enfermez dans le double ostracisme – les vieux m'ennuient et les jeunes sont des cons –, vous n'irez pas loin ! Il y a aussi beaucoup de jeunes avides de l'expérience des aînés (j'aime bien ce mot-là : devenir un grand aîné). Mais attention ! Quand je dis expérience, je ne parle pas du récit de vos prouesses passées, ça les saoule.

UNE SEULE RÈGLE : FUYEZ LES CONS !

Au bout du compte, ils sont nocifs.
Prenons quelques exemples. Le mot « con » est peut-être un peu fort. Mais qui donc a bien pu inventer :
– Les étiquettes qu'on ne peut pas décoller.
– Les boules en fonte des trottoirs.
– Les bittes en fonte qu'on se prend entre les jambes.
– Les machines à moteur pour souffler les feuilles car les feuilles font chier les municipalités.
– Les porcs qui chient de la merde qui pue !
– Les paysans qui arrosent les champs avec cette merde, bien contents de faire chier les voisins (on n'en sort pas !).
J'en oublie, si vous en avez d'autres, je suis client !

Vous voulez qu'on vous fréquente ? Restez fréquentable !

Ne commencez pas à attaquer un mec de quarante ans en lui expliquant que « de votre temps », c'était mieux. Votre temps, il s'en fout, il a le sien. De votre temps, je l'ai dit, il y avait encore des chevaux qui tiraient des charrettes dans les champs (la mairie de Paris en a remis dans les parcs pour le nettoyage), il n'y avait pas des boules et des plots sur tous les trottoirs pour empêcher les automobilistes de se garer dessus (à qui la faute si on a dû les mettre ?), ni des voyous partout (ça va vous surprendre, mais les rues, la nuit, dans les grandes villes, étaient moins sûres qu'aujourd'hui). Stop !

Pour rester entouré, à l'âge mûr, il faut être léger : ne pas déranger avec des idées désuètes, ni une nostalgie du passé qui existe depuis la nuit des temps. Il faut surtout rester simple : ne pas demander aux autres des exaltations, des sentiments excessifs, ne pas « peser ». Si vous attendez trop de qui que ce soit, femme, enfants, petits-enfants, amis ou camarades, nouveaux venus, vous faites peur, vous faites fuir. Restez léger, j'insiste : plus on est léger, moins on est lourd. *

---

* Non, c'est pas de mon bon Georges !

*
* *

Aujourd'hui vendredi, mon père m'a mis en route si tôt que je n'ai pas senti minuit. Ce soir je ne ferai pas shabbat, je n'irai pas à la mosquée cet après-midi, j'ai un peu oublié l'église... Tout ça pour dire que j'envie parfois ceux qui sont rassemblés par la prière... Cependant, je ne me sens pas étranger à elle, toute la vie est une prière.

Samedi. C'est fini !

Merde alors ! Je ne pensais pas aller aussi vite pour transformer d'innombrables bouts de papier en une suite de pages, un peu comme un livre !! Ah mes notes ! J'ose pas en parler. Derrière une facture Roady-Pneus, j'ai noté « pour vivre longtemps il faut donner à son cul vent ». J'ose pas en parler ! Ça tourne autour du pet, bien sûr. Il y a les instruments à cordes et à vent, je suis d'une famille à vent. « Il ne faut pas renier son cul pour un pet »... C'est ma grand-mère Mélie qui me disait ça... Je me demande bien pourquoi ! Alors elle ajoutait : « Pour vivre longtemps, il faut donner à son cul vent », puis elle enchaînait en pétant un bon coup : « Quand un cochon écrit à un autre cochon, il n'est pas longtemps sans avoir de réponse ! »

Bon, ce n'est pas avec ça que je vais faire avancer le schmilblick, je sais, mais j'adore retomber en enfance, au joli sens de l'expression. Un proverbe chinois dit : « Celui qui reste jeune, c'est celui qui a gardé la fraîcheur de l'enfance. » Vous me ferez remarquer qu'en matière de fraîcheur, il y a mieux que les élucubrations de ma grand-mère. Mais rester un peu bêta, désinvolte, rigolo et primaire, ça aide à ne pas vieillir.

Ça aide aussi à ne pas rester les deux pieds dans le même sabot en se demandant « Mais à quoi vais-je bien pouvoir occuper mon temps libre ? » sous prétexte qu'on n'est ni un grand écrivain, ni un grand architecte, et qu'à part son ancien métier, on ne sait rien faire. Quant aux distractions « culturelles », il faudrait y être préparé, pensez-vous. Erreur !

Quand j'ai découvert la culture, la vraie, celle où l'on s'emmerde, celle où l'on « doit » absolument aimer Proust ou Céline, celle où l'on vous « ordonne » d'être bouleversé par tel ou tel tableau, je me suis dit que je ne suivrais pas ce chemin-là. Je ferais confiance à mon émotion. Si vous ne sentez pas la poussée de vie dans l'œuvre d'un artiste, c'est que ce n'en est pas un. Je me suis lancé dans la « culture » comme dans l'élevage de mes vaches : je voulais voir et sentir du beau, du bon, et je voulais être heureux.

Mais avant d'en arriver là, pour « meubler » mon temps libre, je me suis contenté d'activités plus modestes. À vous de voir ce qui vous tente... Vos vacances prolongées ne doivent pas être synonymes de vacuité. La nature a horreur du vide !

Faites-vous du bon temps !

Au quotidien ! Bien sûr il y a les voyages, mais c'est cher. Bien sûr il y a les mots croisés, les réussites et le Sudoku, mais faire uniquement ça pendant trente-cinq ans (eh oui, qui sait ?), c'est un peu abrutissant. Ce qu'il vous faudrait, c'est une petite « activité » personnelle, la satisfaction de contempler un truc et de vous dire : « J'ai réussi. »

Le bricolage ?

Ben oui, on est samedi, c'est week-end, jusqu'à la mort c'est le « week-end ». D'accord ! Mais vous pouvez avoir envie de jouer à la brouette, au jardin, à la perceuse, mieux, à la tronçonneuse !

Danger ! On cicatrise moins bien à soixante ans et plus. Et puis, la tronçonneuse mâche la viande. Dégueulasse. Faites-vous un mot d'excuse, il y a des jeunes qui adorent ça. Chèque emploi service. Et puis le bricolage, c'est bon, moi j'en ai fait le tour.

Sauf si nos filles ont besoin d'étagères. Elles en consomment de l'étagère ! Je suis assez bon dans l'étagère, surtout pour la pizza qui suit l'installation... Le bricolage a ceci de particulier qu'il est universel, à la portée de tout un chacun, citadins compris. Pour ma part, j'ai derrière moi quelques décennies heureuses de bricoleur-pro tous azimuts : de la réhabilitation complète d'une maison – gros œuvre et réfection des toitures inclus – à la réparation d'une chaudière ou du grille-pain en passant par les travaux de menuiserie divers. C'est d'ailleurs en terminant le placard laissé lâchement à l'abandon depuis dix ans que j'ai fait le vol plané arrière qui m'a convaincu de raccrocher. Mais m'être défoncé durant tant d'années dans le bricolage laisse tout de même de sérieux espoirs à ceux qui se tournent aujourd'hui vers cette activité. Croyez-en l'expérience d'un jeune retraité dans le domaine : ça occupe sainement ! Il existe même un effet secondaire non négligeable : dans la plupart des cas vous risquez également de faire plaisir à votre femme. Si, de guerre lasse, Madame ne s'est pas résolue à prendre elle-même la caisse à outils, elle vous verra avec reconnaissance venir à bout de l'interrupteur défectueux, de la porte qu'on ferme à coups d'épaule ou de la fenêtre qui s'ouvre en grinçant, et j'en passe...

En tout cas, le bricolage vous procure la satisfaction de « réaliser » quelque chose.

Le jardin

« Savoir jardiner ne sert à rien, c'est jardiner qui fait du bien. » *

Tout est dit ! Écoutez les conseils, lisez des bouquins, mais surtout : jardinez ! Bien ou mal, on s'en fout ! Le provincial se moque du Parisien dans son jardin : c'est grotesque. Blessant pour le Parisien, affligeant pour

* Tchan-Li.

l'autre. En 2009, Parisien-tête-de-chien, ça marche encore ! Défrichez-vous les neurones, bouseux moqueurs ! Mais peut-être êtes-vous aussi nuls que nous, les Parisiens... Le regard des autres peut enrichir et flatter, le regard des cons c'est salissant. Et à notre âge, on ne se laisse plus faire. C'est le privilège, profitons-en ! Et puis il n'y a pas besoin de sortir de Polytechnique pour planter des patates, des salades, faire un beau potager et s'offrir devant la maison un chouette parterre de roses ou sur sa fenêtre quelques jardinières colorées. Le jardinage, ça vous a un petit côté artiste, réalisation, création...

Mais vous n'êtes pas non plus obligé de « faire » quelque chose, au sens de fabriquer. Vous pouvez écouter de la musique, aller visiter des musées, lire... Hélas ! trois fois hélas... *

---

* J'aime bien ce mot. C'est un mot bleu foncé, une plainte qui exprime le regret.

L'école ne nous a pas appris les moyens gratuits d'être heureux

Le carré de l'hypoténuse, ça ne m'a pas servi à grand-chose. Dessiner ou jouer du piano, aujourd'hui, me plairait bien. Raté ! Un prof de maths, c'est important, la musique, ce n'est pas sérieux, d'ailleurs t'as vu la tête du musicien... Allons-nous reproduire ce schéma ? Oui, bien sûr ! La fantaisie a été sortie de l'enseignement. Je parle de la façon d'enseigner, de présenter les choses.

Moi, j'ai eu de la chance, dans ce domaine. Par exemple, celle d'avoir eu Robert Certelet, Bob, pour prof d'anglais au collège d'Épernay et de rencontrer un mec marrant grâce à lui : Shakespeare. Bob nous disait que c'était un marrant le William, un provocateur plutôt mal vu à son époque. « En résumé, un voyou... Mais, nous répétait Bob, c'est ça qu'il faut lire. Si vous ne lisez que peu de choses en anglais, lisez Shakespeare, vous ne le regretterez pas. »

Il nous racontait les pièces de Shakespeare dans le langage actuel, et l'image de lady Macbeth devenait soudain beaucoup plus humaine. Je me souviens de deux vers dont la traduction du prof donnait : « Ce qui leur a bourré la gueule m'a filé du courage, ce qui les a déglingués m'a foutu le feu. » Ça éclairait on ne peut mieux la situation telle que des lycéens pouvaient l'imaginer et la retenir : une bonne femme qui a bu des coups pour se donner du cœur au ventre et a saoulé tous les gardiens pour les neutraliser... En gros c'est à peu près ça. Résultat, j'ai lu Shakespeare, et cinquante ans après je m'en souviens encore.

On peut parler savamment de Molière, faire des phrases autour de son « univers » pour expliquer son œuvre, mais c'est tout de même plus simple de dire qu'il était cocu – tout le monde le savait, tout le monde en rigolait –, donc il avait des copines et, paraît-il, un copain pour faire bonne mesure, la jaquette ne lui faisant pas peur. Dans ces conditions, comment s'étonner qu'il ait écrit des pièces qui ridiculisaient les maris trompés ? Et pourquoi on nous a caché ça ?

Après, bien sûr, le prof peut aller plus loin, faire comprendre les subtilités de la langue, établir des ponts entre l'époque étudiée et l'époque actuelle et surtout montrer que, quels que soient les progrès de la modernité, l'être humain n'a pas changé. Mais avant, il faut avoir fait en sorte d'attirer l'attention des gamins. Si notre prof avait fait dans le genre « Bonjour ! Je m'appelle Robert Certelet, je suis votre professeur d'anglais. À partir de maintenant, je vais essayer de vous faire assimiler les bases d'une langue qui est un véhicule dans le monde entier pour les affaires, etc. », c'était fini. Je crois que j'aurais ânonné pendant des années.

Je reviens à l'art, la peinture, la sculpture. Inciter les ados à aller au musée, c'est pas facile ! Leur donner quelques pistes de compréhension et surtout les rassurer, c'est mieux. Ce qui compte d'abord face à l'art, c'est le ressenti. Et pas uniquement ce que des parents nantis peuvent vous avoir fait valoir par leurs propres collections, leurs observations, leurs discours élitistes. L'art et la beauté ne sont pas la propriété des riches. Vous êtes d'une famille modeste, totalement « inculte », vous n'avez jamais vu le moindre tableau à la maison ? Quelle chance ! Vous n'en apprécierez que mieux le choc de la découverte. Quand je suis arrivé à Paris, j'étais intimidé par le snobisme intellectuel. Et carrément surpris que la Joconde, par exemple, ne me « bouleverse » pas. Mais comment être bouleversé par un tableau dont tu as vu tellement de reproductions, que tu as tellement espéré approcher, toucher du regard, et qui se présente à toi hyper protégé, blindé, un vrai coffre-fort ?

Et puis un jour, beaucoup plus tard, je me suis retrouvé devant des tableaux de Bissière [1], dans une exposition où ma femme-artiste m'avait traîné. Je ne sais pas pourquoi ça a fait tilt, mais je me suis tout de suite senti concerné. Il y avait là une série de petits formats, des 20 x 12, peints tandis que sa femme était en train de mourir. Il en avait fait un par jour jusqu'à la fin. La détresse de l'homme transparaissait dans chaque toile, presque palpable. Françoise en les regardant s'est mise à pleurer. Il y avait aussi un Christ fait avec

1. Roger Bissière (1886-1964), peintre français de la Nouvelle École de Paris.

trois bouts de bois trouvés par terre. Il les avait croisés et ils étaient devenus ce Christ en souffrance. C'est fou de voir des mecs comme ça, habités par l'essence des choses. En disant cela, je pense à Fernand Léger, mais aussi à Gaston Chaissac [1], un peintre complètement naïf que tout le monde prenait pour un clochard nul, mais en fait un grand bonhomme dont la peinture simple ne fait pas peur. Le conservateur du musée des Sables-d'Olonne, et avec lui plein de gens, se sont évertués à le réhabiliter. C'est vrai que pour les artistes, en général, il est souvent plus simple d'être reconnu après leur mort que de leur vivant. On devrait peut-être commencer par être mort avant de créer, mais ce n'est pas facile.

En tout cas là-bas, à Colmar, devant Bissière, j'ai compris qu'on n'avait pas besoin d'avoir fait l'École du Louvre ni lu les critiques d'art pour rester ébloui par l'œuvre d'un peintre, ou d'un sculpteur. C'est le ressenti

1. (1910-1964), peintre et poète français, un des créateurs du Foyer de l'art brut.

qui compte, je le répète, et vous pouvez l'avoir à tout âge.

N'ayez pas de complexe face à l'art : laissez venir l'émotion

Vous êtes d'une « inculture » totale en la matière mais certains tableaux vous parlent ? Eh bien, ça suffit pour vous rendre heureux, non ? Et puis, un terrain en friche, ça se cultive. Ça vaut mieux qu'un terrain épuisé, qu'un esprit blasé.

Moi, le spécialiste de la clé à mollette, un jour j'ai été sensible au geste de l'artiste, à une forme de poésie qui se voit. Et je n'ai pas eu besoin, pour ressentir cette émotion, des commentaires savants des spécialistes. Il ne faut pas se laisser prendre aux critiques. Elles s'adressent à des amateurs cultivés, elles sont élitistes par essence. L'art ne l'est pas. Je ne sais plus qui a dit : « Pour bien critiquer un tableau, il faudrait un pinceau. » Et toi, pauvre homme, pas élevé dans le sérail, tu penses « c'est trop calé pour moi ». Faux. L'art est affaire de sensibilité. Il parle à tes souvenirs, à ton inconscient, à ton affect : il te parle à toi. Quand bien même il n'y aura eu qu'un peintre dans ta vie que tu aimes, que deux tableaux que tu as trouvés vraiment superbes et qui t'ont touché, toi qui n'y connais rien, c'est gagné. Le « bien » est fait.

Je me souviens qu'un jour, dans un musée de Montréal, on a vu un minuscule oiseau en os – il ne faisait pas deux centimètres – fabriqué par des gens du nord, des Indiens, avec un souci du détail étonnant. Ce petit oiseau m'a conquis. Je retournerai à Montréal rien que pour revoir cet oiseau au bec pointu et au corps tout rond. Ce n'est pas son volume, ni ce qu'il a l'air d'être qui est impressionnant, mais ce qui émane de lui, ce qu'il a dedans. Ce que son créateur a mis dans cette minuscule sculpture : une bombe !

Ce ressenti instinctif n'a rien à voir avec l'âge, ni avec l'éducation artistique. Jeunes ou vieux, nous sommes concernés au même titre. Ainsi tout enfant, Ninon, la plus jeune de nos filles, dessinait des formes qui faisaient immanquablement penser à Calder[1]. Elle réalisait des bricolages en fil de fer étonnants. Un jour, à New York, nous étions tous les trois, Françoise, Ninon et moi, et on a découvert, dans un musée, le cirque de Calder avec tous ses petits personnages. Ninon a tout de suite flashé. Nous sommes restés deux heures devant ce cirque, au point que le gardien du musée a commencé à nous regarder d'un drôle d'air et a fini par venir nous voir. Il se demandait si nous n'avions pas l'intention de piquer des figurines ! Nous l'avons rassuré et nous avons sympathisé. Il était étonné que l'on puisse rester si longtemps à contempler une œuvre. Ninon était bluffée, ce qui veut dire que même jeune, quand tu es touché à ce point par une œuvre d'art, tu emmagasines du bonheur, et surtout de l'aptitude au bonheur pour plus tard.

J'aurais aimé avoir des trucs comme ça dans ma valise de jeunesse, c'aurait été un bel avantage, j'en suis sûr. D'un autre côté, les

---

1. Alexander Calder (1898-1976), sculpteur et peintre américain.

découvrir « vieux » n'est pas mal non plus. L'art comporte tant de facettes qu'un jour ou l'autre tu as toutes les chances de faire une rencontre marquante. Ce ne sera pas forcément un peintre ou un sculpteur de renommée internationale, l'essentiel est qu'il te touche et te procure un de ces plaisirs rares qui te relient à l'humanité de l'artiste, à *ton* humanité, à la vie.

Réapprenez à lire : des tas d'amis vous attendent, là !

« Tu ne lis même pas ! », m'a dit un jour Françoise. Et c'était un reproche ulcérant. Mais c'est vrai, je ne lisais pas. Il faut dire que j'étais surtout un homme de parole, à la radio, et de l'image, au cinéma ou à la télévision. Mais maintenant, je me « rapproche » beaucoup de la lecture. J'emploie ce mot parce que, lorsqu'on a longtemps délaissé les livres, on les aborde avec une certaine appréhension. La télévision et le langage moderne sont si rapides qu'on a tendance à « scanner » les pages, en lecture rapide, pour voir ce qui se passe, si ça intéresse et surtout comment ça se termine. Et j'avoue humblement que c'est ainsi que je m'y suis remis. Pour découvrir avec bonheur, au bout d'un certain temps, que les livres étaient des randonnées tranquilles, à savourer ligne par ligne. Des voyages dans le temps, l'espace, dans ta tête et dans ta propre vie.

Car on ne lit pas qu'avec les yeux ! La lecture est une re-création. C'est très personnel, très intime, plus libre d'interprétation que le cinéma ou la télé. Tu fais ton film avec les mots des autres. Tu recrées tes propres personnages, tu retrouves tes rêves, tes espoirs, tes faiblesses, tes défauts. Tu n'es plus seul ! Les écrivains (les vrais, pas moi bien sûr !) sont autant d'amis qui t'attendent sur les rayonnages des librairies. Et pour peu que tu aies un « bon » libraire (or il y en a beaucoup, car ce métier est un métier de passion), il saura te conseiller dans tes choix. Moi j'ai mon libraire personnel, à la maison, toujours elle, trop contente de me déniaiser dans ce domaine !

« Créer » ? Pourquoi pas ?

Les pinceaux vous démangent ? Allez-y ! En avant ! Si vous hésitez à céder à votre envie de peindre autre chose que les murs de la maison sous prétexte que vous n'êtes pas Léonard de Vinci, à jouer du piano parce que vous n'avez jamais appris à déchiffrer une partition, à sculpter parce que vous n'êtes ni Michel-Ange ni Bourdelle : succombez ! Personne ne vous demande d'exposer ou de jouer en concert. Ce qui compte, c'est de vivre votre désir et d'exprimer votre créativité sans autocensure a priori.

Lorsque je me suis attaqué à la fourche de mon noyer, j'obéissais à une pulsion. Au besoin de faire revivre l'âme de mon arbre et de créer des formes à partir de lui. Je me fous de ne pas être un sculpteur : le fait d'accoucher cette forme contenue dans le bois m'a procuré une paix et une joie intérieure profondes. Que demander de plus ?

Alors, si vous n'avez réussi à faire de l'étang près de votre maison qu'une mauvaise croûte figurative dont on se demande si l'eau ne va pas geler l'hiver, on s'en fout ! Vous l'aimez, votre étang ? Vous lui avez rendu hommage et ça vous a bien plu, ça suffit.

D'ailleurs rien ne vous empêche, si vous trouvez vraiment le résultat effroyable, d'aller prendre des cours. Les « vieux » qui vont étudier l'aquarelle, la poterie, le chant, le théâtre, sont très nombreux, et n'ont pas la moindre envie de faire carrière sur le tard : ils veulent juste s'adonner à une activité qu'ils aiment, rencontrer des gens qui ont les mêmes goûts qu'eux. D'autres, plus érudits, dirigent des cafés littéraires, ou philosophiques, avec des personnes de tous âges, et les jeunes ne manquent pas. Ils se retrouvent dans la vraie convivialité – l'art de vivre ensemble – dans la réflexion qu'elle engendre, dans les projets qu'elle suscite.

Et quand il rentre à la maison, le vieux qui se livre à toutes ces activités « inutiles », il n'a plus envie de feuilleter les albums de souvenirs et leur nostalgie douce-amère : il est dans la vie, dans le présent.

Et il oublie complètement de se demander quand il va mourir et comment ! Parce que, lorsque je vous ai dit au début de ce bouquin que j'essaierais de répondre à ces deux questions, c'était du bluff. Surtout pas ! Vous ne me croyez quand même pas assez fou pour vous parler de la mort, cette « toile de fond » qui assombrit parfois votre horizon. Ça servirait à quoi ? À plomber les dix secondes, dix ans, vingt ans ou quarante ans qui vous restent sur cette Terre ? C'est ça l'important. Parce que ça, c'est la vie. Et la vie est un don auquel même les grabataires s'accrochent. Alors vivons le mieux possible, « réglons nos affaires » si nous en avons à régler, et n'oublions pas de dire à ceux qui nous sont chers que nous les aimons.

Pour le reste, faisons un grand sourire à l'Inconnu : Inch'Allah !

Dimanche 1er mars 2009 :
on épilogue sur les « principes »

On a fait le tour, un petit tour ! Pendant ces quelques jours passés avec vous, j'ai quand même eu le temps de faire autre chose... Activités physiques, plein air !

C'est le matin que j'ai envie de vous parler. Très tôt.

Et puis, dans la journée, je vous quitte un peu pour m'acquitter de quelques tâches... Je suis un vieux sous influence... Celle d'une femme dont la tendance est « loisir = travail ». On accomplit des gestes « utiles »... Ce n'était pas ma formation au départ. Ou plutôt je n'avais pas de formation du tout. Liberté totale !

C'est une chance si on est capable, plus tard, de s'adapter à d'autres principes. Voilà encore un drôle de mot : « principe » ! Un mot dangereux. On devient souvent un vieux con quand on s'entête sur ses « principes »...

Aujourd'hui, par exemple, il est difficile d'être borné et mieux vaut se dire que le gendre * qui ne travaille pas « s'occupe bien des enfants et de la maison ». Encore heureux ! Car ceux de notre génération, les vieux, ont du mal à admettre que le mâle n'assume pas les petits et la famille... au moins pour la bouffe. C'est comme ça !

Quand le vieux boit un coup (de trop), il peut se laisser aller à prononcer des phrases types qui lui échappent malgré lui : « Il se fout de notre gueule. » Eh oui ! Le cynisme du gendre bouleverse le papa de la mariée ! Mais la femme du vieux, toujours plus « cool », tolérante, intelligente, cultivée, délicate, élégante, fine, compréhensive et généreuse, se contente de lever les yeux au ciel ** en émettant un soupir standard avec léger feulement en fin de souffle. Vous voyez ce que je veux dire ? Mais le vieux s'en tape !

* Un mot désuet pour désigner celui qui a séduit puis engrossé l'une de vos filles !

** Ça gomme un peu les rides.

– Il se fout de notre gueule, oui !!

Et puis la soirée passe, on va se coucher, simplement se coucher... et là, on se sent vraiment vieux. On s'endort...

C'est sûr, un jour on s'endormira pour de bon. Mon père, lui, l'a fait bien avant moi. Ce matin la lune s'en va, c'est le jour qui la chasse encore une fois...

Nous avons eu un bel hiver...

Lundi, mardi, mercredi, etc.

La vie, c'est un peu ça...

Merci papa.

Remerciements

Merci, Huguette...

Merci à toi, Michel Lafon, qui m'a redonné le goût de la pêche à la mouche.

Merci à Nespresso. (George, tu pourrais me rappeler !)

Merci à mon voisin de derrière, qui a bien fait de prendre les devants.

Table des matières

Direction littéraire
Huguette Maure

et

Gérald Basseporte

Composition PCA
44400 – Rezé

Impression réalisée par Just Colour Graphic
pour le compte des Éditions Michel Lafon

Imprimé en Espagne
Dépôt légal : mai 2009
ISBN : 978-2-7499-0983-7
LAF 935